色情白噪音

that's the hormones speaking

王和平

peace wong

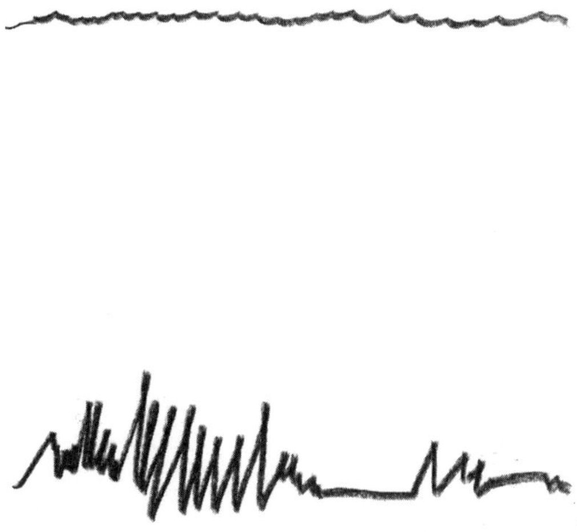

「世界打開，一聲高潮的餘韻——

地下道麵包機、自轉透亮的微波爐、
觀音化身、某條消失的繩子、
周遊列國的變裝皇后、一趟船上的白噪音之旅。
除夕晚上，都煙花盛開。

一道門到下一道門，
直至圖書館的飲水機故障……

躲不開的雜訊沙沙沙沙沙地湧過來，如白浪。」

但又如何？就是他的聲音，

名家推薦

「王和平的文筆充滿魔幻寫實般的張力，以及讓人怦然心動的節奏感。不論是情慾流動的展現，還是虛擬與現實間的感官探索，亦或是他者與自我的迷幻勾勒，每部小說皆呈現獨到的詩意語境，靈活幻化成迷人的文字烏托邦，同時也賦予讀者閱讀的全新體驗。」——羅珮嘉（臺灣女性影像學會秘書長／臺灣國際女性影展策展人）

「描述都市瑣事、工作現場、肉體、血液、肉體、偶有汽油燃燒與催淚瓦斯的刺鼻氣味，虛實交錯間呈現出文字的音樂性；直到被媒體時代的白噪音吞沒的最後一刻，還能保持自己的樣貌。」——黃大旺（黑狼那卡西）

「小說技藝來自於以語言量測並重新調校與現實之間的距離感。迷宮、斷肢、囈語、偽存在、電子音樂背景，某些失焦的人事物並不是因為他們不夠立體，而是創作者知悉他們離魂散魄，需要多點透視。」——張寶云（東華大學

華文系副教授）

「王和平的文字有獨特的聲音、慾望與鄉愁，希望如此純粹的創作永無馴化的可能。」——陳夏民（出版人）

「在和平的故事裡，滿是無法定義的性別與身分認同、或詩意或節奏的創作形式。我喜歡這樣彈性極大的短篇小說集，像喜歡一座繁花盛開的植物園：它們每個品種皆獨自釋香、自成一格，然而在融為一體時，卻又如此和諧。」——柴柏松（作家）

「王和平文字詩意、撕碎的背後，是情色哲學論綱，約炮有數、天國將至，當高潮消退，聖人覺察：窗外已是不可解的政治問題。」——王天寬（作家）

探索後山文學的企圖心
——「二〇二二後山文學年度新人獎」得獎專輯　館長序

本館自二〇一四年起開始辦理後山文學獎，歷經八年的耕耘，逐漸展現出屬於這片土地美好的文學精神，「後山文學」已成為一個代表花東地區的文學品牌。為使後山優秀文學創作者一圓出版自創作品專輯之夢，二〇一九年起增加「後山文學年度新人獎」徵文活動，獎勵後山具有潛力的優秀文學創作者以不同文類形式，來表現心中美麗的文學風景，並藉由出版自己的作品，與更多閱讀者進行交流及對話。

今年第三屆「後山文學年度新人獎」能夠順利付梓，要特別感謝張亦絢、郝譽翔、方梓、廖鴻基及簡齊儒等五位評審委員的辛勞評審。獲得獎項計有陳有志《北上南下》（新詩）、天吳《信史》（新詩）及王和平《色情白噪音 that's the hormones speaking》（小說），共計三件作品。綜觀來說，三篇皆屬實驗性的作品，有著大膽的嘗試，可以看出作品中有著克服困難的勇氣與用心，也展現了創作者的企圖心，在個人的文學創作的路途上是相當珍貴的。

陳有志新詩作品《北上南下》，評審認為其詩風與文字成熟而穩定、典雅中帶著學院風，作品中融入對於花東地區原住民族文化的思考，關注其現實生活面，內容看似簡單，但具有強列的回韻，讓人反覆咀嚼。此次參賽作品中，雖有許多描寫校園的作品，唯獨此篇作品整體風格穩定，且有節奏性。作者能將這類校園生活經驗描寫得令人印象深刻，可以感受到作者成熟的文筆與生命體悟。

另一部獲得評審肯定的新詩作品是天吳的《信史》，這部作品結合東部的地景、人文歷史和哲學的基礎，將自然物象擬人化，使得文章內容相當深情，且許多文字具有韻律感，相當適合朗誦，評審一致認為此作品具有思想性、風格多元，是相當出色的新詩作品。

王和平小說作品《色情白噪音 that's the hormones speaking》，文中探討了異性戀、同性戀、跨性別等議題，豐富地表現現今年輕人的情慾元素及想法，風格相當多元豐富，而且作者的手法不落入俗套，無論是感官感受，或是破解語言的僵化秩序，都讓文字的呈現變得相當新穎及靈活。

藉由此獎項，文壇新秀們在自己的生命篇章加入新的一頁，也在此揮灑出令人驚艷的文學新風景，不但展現屬於花東豐富多元的書寫風貌，更灌注文學蛻變的生命力，建構文學的新面貌。期待這些優秀創作深入日常生活脈動與場域，並持續為後山文學留下精采動人的章節，共同形塑後山最美、最迷人的文學特色。

國立臺東生活美學館館長　江愚

也許這是一種歌唱方式

——關於王和平的第一本小說

幾年前一位有點削瘦、蒼白，眼神存在疑惑、偶爾會提出尖銳但有見地問題的學生來到我的課堂。課堂當然是使用所謂的「國語」進行的，可能是這樣的原因，她一開始給我的印象是比較沉默。不過很快我就發現，她是一個會在心裡跟你對話，挑戰你的人。在一次報告裡，她選上的是費茲傑羅（F. Scott Fitzgerald）的短篇小說集，她很仔細地比對了名作〈殘火〉（"The Lees of Happiness"，另一個版本譯為〈幸福的殘垣〉，「殘火」是村上春樹很特別的譯法）的英文版和不同的中文版本，把費茲傑羅以自己的生命經歷為本，加上情感與想像，再經由多次修改，把愛戀生死裡的微光與殘火，寫出一種讓人讀來好像是戴著耳機聽著歌曲，莫名其妙就流下淚來的那種感動。

當然我們現在無從得知費茲傑羅寫這麼一篇細膩非凡的作品時，是否像李歐納德．柯恩（Leonard Norman Cohen）那樣，進入了「中魔狀態」一氣呵成，我個人以自己寫作經驗的判斷，他更像是在一次一次的修改裡，讓作品的細膩之處自然浮現——包括那些餅乾碎屑所帶給讀者的情感與象徵。畢竟據說《大亨小傳》出版後，他仍在上面寫滿了更動和註記。這大概是我們當時對這篇作品的共識，讓讀者驚奇可以運用所謂的技巧，但細膩只能一遍一遍不厭其煩的經營。

與那同時，我還知道了她是一位歌手、音樂創作者，更早之前還曾從香港遠赴德國打工，復回港擔任英語教科書的編輯，後來深感無趣才來到對很多人來說，也是「吳趣」的花蓮。初到花蓮對環境陌生，有時無所事事，一次她告訴我去了一趟臺北，買下一台MIDI controller，想在寫小說之餘「弄點電子音樂與取樣（sampling）」。我問她會不會為自己的小說做「配樂」，她說：「嗯」，聽起來像是個思考語氣。

那一年她同時上我的流行音樂與小說創作課，當然在課堂上我比較習慣喊她另一個名字——不過或許「王和平」這個名字對她而言別具意義，在創作音樂或寫作時，很多人都確實成為「另一個人」。

長久以來，我都認為年輕的創作者在確認自己的天賦、熱情外，接下來必然是廣泛閱讀，以了解過去小說作者採用了什麼樣的敘事來拓展了小說的視野，簡單地說，也就是技巧上的學習與鍛鍊。但當然不能停在這個地方，作為一個創作主體，還要持續擴大對生命的視野（不管是各方面的），在文字上，則必然要慢慢形成自己的文章節奏。小說敘事是一種陳述故事的方式，它可以分類、可以解說、可以選擇。但節奏雖然可以分析、解說，卻未必能選擇。誠然每位作家的情況並不相同，但我看過很多好作家在寫不同題材時，仍然可以一望而知。從學習者的角度來說，如果我們讀到了別人的文字風格、節奏很喜歡，從而模仿（或不知不覺地受影響），短期可以，長期下來不免被說成是「影子」——筆下「有著某某人的影子」，意思「是」某某人的影子，我想這是每一個有自覺的作者有一天一定會不滿意的。

然而要有自己的文字節奏與風格並不是件容易的事，佛斯特（E. M. Forster）那本老牌的《小說面面觀》（*Aspects of the novel*）把「故事、人物、情節、幻想、預言、圖式、節奏」各領一面，在我看來這最後一面是串起前面六面的重要元素——因為它涉及文章特徵、形象，有點像是我們在路上遠遠見到一個熟人，即使他沒有面對你，即使他穿著跟平常不一樣的衣服，即使只是不經意的一眼，我們都有可能認出來。

要把小說寫得面面俱到殊非易事，很多小說家擅長講故事、鋪敘情節，但文字清清如水；有些作家的文字修辭濃重繁複，如果產生了可以讓讀者深陷其中的節奏，往往也能在尋常的日常敘事裡，別有迷人風情。

在和王和平接觸的這幾年裡，我很早就發現她的文字自有一種節奏：不是密度高的修辭那種，而是「間歇性」地加重音，或者是文字間產生了一種「環境噪音」，一種氣氛，把情節、故事包裹起來。這使得讀者（至少我是如此）讀她的作品，往往不是被人物、情節來帶動情緒，她筆下的人物甚至有一種「行為各異、面目模糊」（非貶意）的特質。

近年我在課堂都不會修改年輕作者的作品，取而代之的是仔細閱讀後，建議另一些作品給他們讀，讓他們與好作品碰撞，持續自我摸索。有陣子我試著建議她閱讀一些情節或故事性較強的作品，看看是否能讓她強化這個部分。當然她的閱讀品味也能接受，也能敏銳讀出那些以故事性帶動讀者的小說的迷人之處（比方說最近她就跟我提起了石黑一雄的《克拉拉與太陽》），但即便如此，她的作品仍保持著屬於自己的節奏——歌謠式的，而不是說書人式的，不是埋伏線索、關鍵時刻來個情節轉折的那種節奏。

不過她絕對不是那種不願修改自己作品的作者，常常在通信中她告訴我，正在修改某篇作品，於是我也能理解，她目前的作品呈現出來的不是美學限制，而是美學偏嗜。

回過頭重新讀王和平的這本小說集，我發現最後讀到的〈阿風麵包〉，在成書時反而排到最前面了。這篇作品主體的故事並不複雜，但有很好的節奏和隱喻，收尾也很有餘韻。而它可以看出和平在寫作這段時間以來，終究形成的文字特色——主體是帶著翻譯腔（或直接外文表現）的敘事，加上歌詞式的中文，間或插入粵語。王和平好像用她買的那台MIDI controller，把數種聲腔mix成屬於她的節奏，比方說這句：「咁風呢？藍色游泳池化灰化零化到負數距離，阿沾你像尾魚一樣插進去。」

第二篇的〈皇尚燈塔〉在我印象裡卻是最早讀到的篇章，這篇作品寫的是一個可能可以成為長篇小說的事實：「十八名民工，從中國冷藏空運到達柏林機場。」但王和平把它處理成一首敘事歌曲，以強調聲音的畫面收尾。

王和平的手上並不是缺少可以寫得像「議題取向」的材料，比方說〈色情白噪音——那不是河、不是雨〉裡那個宣稱自己前世是觀世音的E娃。她寫作情慾也十分具有特色，但我在讀的時候，總又被她的語言節奏帶走，讀她的小說，總讓我誤以為戴著耳機，我像在聽歌聽小說，而不只是在讀小說。在這篇作品裡，她還真插入了「聲音」圖像，讀者讀到的時候，就好像歌曲裡突然出現的唸白（她的音樂作品裡也會出現類似的效果）。

我知道或許並不是多數讀者都能接受王和平的這種表現，但正如讀過她作品的侯季然導演說的，他一直不確定自己是否讀懂了〈當螢幕出現0000〉在寫什麼，但他覺得這作品表現出「文字才能表現的美感」，這對他來說，也許是現在小說還能表現出自己除了「說故事」以外，某種表現自己獨特藝術魅力的地方（印象轉述，字句上或許會有出入）。

王和平在我流行音樂的期末作業（這個作業是錄製一個廣播節目），交來的是她和朋友線上談一位香港音樂人「黃衍仁」的節目。當然，她說話的流利程度不可能等同音樂主持人，她說自己像在「演一個十年後的自己，二〇二八年。算是對自己一個期望。唯一可取之處是我可能演一個不會講話又內向的音樂人演得蠻活的」。

黃衍仁在香港被視為是「社運歌手」，但他作品裡的詩意與自持，在藝術表現上有一種內斂之美。王和平推薦了他把劉以鬯《酒徒》整段文字譜成歌的作品，編曲綿密明朗，音聲如夢。好像以一種平穩呼吸來面對這個狂亂紛雜、難以預期的世界。

在香港近年的運動期間，王和平跟我談過她的心情，當時我正從香港客座回來，感覺這個時代許多香港人，最終只能選擇暫時壓抑地把悲憤、痛苦藏起來，先咬著牙活下去，照顧好自己。或者像短片《夜更》裡那個剛抗爭完的青少年，下車時對著司機說的，祝願「好人一生平安。」在這本小說集裡，〈自由意志〉對我而言像一首要深呼吸才能唱的歌，讓我隱隱感覺未來王和平會以她的方式來寫時代。

在最初的計畫裡，王和平為每一篇小說都配上了聲音——郵輪、海浪、麻雀聲（麻將）……，這些聲音有的抽象到令我好奇：「摩打他他、手的音色……」因為是獲獎後出版，恐怕在這本作品是沒辦法實現。我想這沒有關係，因為她說過，如果為這批小說做配樂，也「不想淪為噱頭，聲音故事都有，但小說很難看」。而我相信，她日後有機會的話，想必也會「回頭」幫這本自己值得珍重的初作配樂。

在讀這本小說集時，我想起她提過自己的兩種性格一直生活裡互相拉扯，有時現場演出有時安靜寫作，有時想說卻說不出來，卻在唱歌之後又想多說話了。她在一封信裡提到：「每次演出總會接觸到一些新朋友，新碰撞，就算被忽視被唾罵也好也是一種迴響。這種把自己放出去，毫無安全感可言，沒有任何人可幫你代言的演出狀態，跟閉門在家裡寫歌或小說有很大差異。從前我不喜歡表演是因為我不喜歡在台上說話。後來寫了一首歌坦然面對這心情以後，彷彿釋懷了很多。緊張時把它擺在開場第一首，唱完以後反而會想說一下話。……在歌裡說我不想說話，唱完以後又想說一下話。」

我不太敢確定這本小說集是在她唱完歌以後想說的那些話，還是話說不出來時的一種歌唱方式。但我相信你會讀到一個有別於臺灣近年出版的新小說家裡的不同節奏，對我來說，是迷人的節奏。

當然我知道，她同時也是寫詩的人，歌手，一個屬於新世代的混血聲音，或許，這就是她歌唱的方式吧。

吳明益

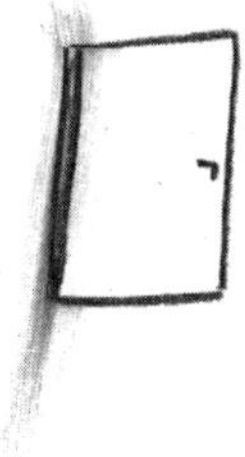

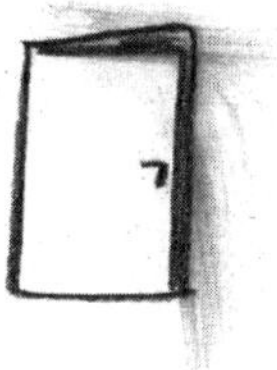

阿風麵包

∧

有時候郭頓不自覺還是會想，阿沾在泥土裡腐爛的樣子。就算是置放冰箱裡也好，密封塑膠袋也好，玻璃保鮮盒也好——那些西蘭花馬鈴薯牛油果竹荀金菇什麼什麼的——日子久了還是會發臭、長霉、生出更多細菌。何況是肉？何況是阿沾的肉。何況你沒保鮮的肉。木造的長方盒子封蓋上釘以後，下土。而土裡，又沒冷氣。連搭電梯也不耐煩的阿沾、上課都在抖腳的阿沾、坐不定的阿沾、不喜歡室內派對的阿沾、嗜光向光總要吸陽在山在海在溪在大熱街頭跑來跑去的阿沾，你怎可能耐得住待在土？你好應該在哭喪臉的人通通走清光以後，第一時間推開棺木，被沙子弄到一雙紅眼睛還是要爬出來走動走動的阿沾。你怎可能悶在土？

有時候他還是忍不住一直想：曾經晶瑩剔透的飽滿皮膚，到底怎麼黯淡、變黃、化黑、腐爛，跟冰箱裡頭的西蘭花同等遭遇。但你怎可能是西蘭花？場景切換至學校走廊午休時間、郭頓又一個人看著操場愁眉苦臉樣，阿沾就一定會衝過來大大大力推他一把，用頭頂他的胸一直鑽一直鑽直至二人逼到牆角喘不過氣大笑一團。然後郭頓便忘記所有先前的煩惱。只要跟著阿沾，多無聊的教室都是遊樂場。事實是他早就畢業不知多少年。身旁沒阿沾。阿沾在土裡。

從地面正要鑽進地鐵站的準乘客，手忙不迭揮動濕滴滴的雨傘。金屬撐開來的薄膜隔開了從天空滴落下來的滴滴答。一旦踏進室內，多高貴的手也免不了沾碰雨水，他們略帶厭惡地將直直或折曲的傘子收進透明的塑膠管道。郭頓從列車走出來，整條地下街都是手提透明塑膠管的人們。他提著他的公事包，盡量側過身、避開滴滴答的人群。

半小時以前，他在手機訂了一個蛋糕。半小時以後，它理當已經烤好。起碼列車廣告上搖著屁股的洋果子精靈是這樣唱：「阿風麵包阿風麵包／你一下單我就揉揉揉／風一樣快給你烤烤烤／一下子到你手／熱呼呼！」郭頓訂的是一個哈密瓜生乳捲。倒不是為了什麼節日或週年慶典，只是下班心血來潮，想帶個甜點回家。或許剩下來的整夜晚上，就與老婆窩在沙發。他和小劉是中學就認識的青梅竹馬——與阿沾，三人總是混在一起。

但這大車站真是個巨型迷宮，貪食蛇在裡頭繞呀繞——偶爾碰壁鬼打牆。郭頓點開了阿風麵包的手機地圖，一度覺得自己正是盛年的風水師棒著羅庚找方向。方才一不小心拐錯路，洋果子精靈整個丟進海裡呀呀叫。這次他要更小心一點。

快十分鐘，下班時間人來人往。郭頓無縫切換於兩個空間：指頭飄浮阿風島、馬不停蹄地下道。此刻他的手機，方才傳來一波一波愈來愈猛烈的震動。郭頓不由得興奮起來——到底在哪裡？不銹鋼搭配青銅色的阿風麵包機，就在不遠處十步距離。

仰頭立正，機器面前，他放下手上的公事包。洋果子精靈也同樣，靠近螢幕邊界，原地倉促踢了幾下又停下腳步。大概牠很快感應到家的味道吧？螢幕上狂歡著屁股，催促郭頓趕快！趕快！他以食指拖曳、手一甩，跟隨閃爍的箭頭就把牠滑進機器——阿風麵包機隨即啟動。低調占據地下道這台略帶冰冷的不銹鋼裝置，現在傳來了溫和、平靜的鈴聲，恰恰覆蓋在後方一片交頭接耳或高談闊論的人聲以上。郭頓擺頭左右查看，顯然這串鈴聲抑或機器本身，分毫沒有擾動到任何途經的路人。

麵包機螢幕從待機模式一瞬亮起，蹦起了他先前選購的哈密瓜生乳捲。

洋果子精靈：「郭先生您好。」

∧

一室盛放至將枯的百合與蝴蝶蘭。煙供持續燃燒的靈堂。黑壓壓滿座的親眾。玻璃門隔開，一團正在自我分解的死者，充盈著有機物不饜足地吞噬，活潑——生氣勃勃。大頭阿沾的笑臉，聚光燈下置中央。

「又是你，」郭頓心裡想，「又你當男主角。」不由得在此等不合時宜的場所笑了笑，「還敢這般大排場。」沿路花牌擠滿，滿得前一排擋住後一排。「狐狸先生幾多點？而家幾多點？」[1]

「你幹嘛不好好跑？」

郭頓實在更想指著他的臉狠狠大笑，笑到肚子痛那程度的笑。萬人迷阿沾。接力棒最後一環大無畏直直衝向前就第一名的阿沾。拿著即溶咖啡溜在走廊演校長的阿沾。不知從哪偷渡回來的甩炮你認真在教室拆開又重組巨型鞭炮用力一摔的阿沾——儲物櫃倒霉那三十四號從此變黑小劉偷藏裡頭的漫畫自此炭烤味。總有本事讓人軟下來的阿沾。有時討人厭大家還是很喜歡你的阿沾。沒有人捨得你走的阿沾。郭頓幻想他其實正走進籃球場，朝著你、跑過去。手指頭指著你的臉狠狠恥笑一番，你怎麼一動也不動？你的肖像永遠定型。你的時間從此封鎖。你甚至再沒能力動一根手指頭更換你的大頭貼，「看起來你一點也不好玩。」

三鞠躬。

郭頓在螢幕上按下ＯＫ。

機器正在播放的是，阿風麵包主題曲。〈Sakura〉的曲子熱舞版，國語歌詞：「奶油包、牛角包、麥包櫻桃好不好？」一群樣貌口味看起來都截然不同的洋果子精靈，正左搖右擺跳起舞來。那額上縛頭巾的，角落那邊狂揮鼓棍蓄勢待發。郭頓的耳朵動了動。

家屬謝禮。

「木頭公仔唔準郁，唔準笑，唔準呱呱叫。」[2]

戴孝的阿沾姊弟，正將一個巨型游泳池高高抬起，投進火爐，熊熊烈火光和熱——標準池，十條水道。岸上躺兩位比基尼美女，頭髮一長一短、一個帥哥救生員、垂吊黃色大太陽。戶外遮陽傘底下，還一個吧臺。看來你們四個要玩什麼都可——藍色水池快速點燃，化灰，比你捷泳還快。水乃玻璃紙造，無論象徵意義為何畢竟事實是這樣。阿沾你也不用怕無聊，像尾魚一樣自由自在吧——「質量守恆定律」表示：火不能讓物體的原子消失。一條乾掉的屍體，每公斤釋放三十二克氮、十克磷、四克鉀、一克鎂回饋到土地。[3] 火並不會讓物體的原子消失。火不過一瞬轉化、換擋，更易被燃物的分子。人們以為死亡寂靜無聲，以為死亡一沉到底。「熱力學」還研究熱現象中物態之轉換，第一定律即表示「能量守恆」：無所謂徒生或摧毀，空降還消逝。物質從一個形態轉換為另一種，或從一個物體，轉移到另一個。人們以為死亡虛弱無聲，一沉再沉。其實死亡吵得要命。古希臘四大元素「風火水土」，謂火燒乾了水，咪有了土。咁風呢？[4] 藍色游泳池化灰化零化到負數距離，阿沾你像尾魚一樣插進去。

∧

郭頓往後退了幾步。

抬頭，麵包機原本青銅色的位置，倏變透明。如今迴音很大，大得他覺得自己正泡在——正泡在一條下水道。機器上頭的液晶體透明管道開始浮現起各式各樣的東西，從左到右從上而下地——哈密瓜一顆一顆彈跳著、滿杯的牛奶、一片黃色的檸檬、白雞蛋、奶油磚、糖——它們排著隊滾落，直至麵包機的出口處每個要切的被切、要捏的被捏、要榨的被榨，要混為一體壓扁到底。

一陣向上揚的恭賀提示聲播放。

洋果子精靈：「郭先生，您的蛋糕已經準備好。」

郭頓在心裡默念一句ＯＫ。

突然一陣哭聲。

如同每台路邊販賣機，展示商品的位置光芒四射，出口處卻百般歪斜，還要你蹲下。阿風麵包機的出口處，是抽獎紙箱那樣深不見底的黑洞。會有老鼠？蟑螂？蒼蠅？難免，他有所緊張。郭頓略帶躊躇地把手伸進去，半隻手臂立刻消失空中像是套上隱形斗蓬的哈利。穿著立挺襯衫，手直直往前——郭頓壓根兒沒發現，機器上頭的青銅色又變回透明，蛇形管道此刻擠滿了濃煙、灰塵，一團混沌從左到右從上而下地滾落。

郭頓把手從洞口抽出來。

郭頓，他獲得一盒身體蜷曲的嬰兒。濃郁的奶酥，軟軟綿綿。

「但這並不是我訂的生乳捲！」郭頓在心裡吶喊。

可是他的確充滿了奶香。

仔細一看，嬰兒臉上，還沾了那麼一點白麵粉。兩邊面珠膨鬆膨鬆，看來時間控制剛好。透明的包裝紙圍在他粉粉嫩的皮膚上，像惟恐他散開，「阿風麵包」的銀色商標就緊緊黏貼正中間——沒有被撕裂過的痕跡——「是新的，」郭頓想，「這千真萬確是新的。」

此刻，嬰兒正睡躺在一團膨脹膨脹的氣泡紙裡頭，自然、安穩地呼吸著。雖然隔著蛋糕紙盒，透明窗框看進去，他皮膚還是那麼光滑、透亮、不帶一點飛塵。

「實在沒有辦法。看來生米已經煮成熟飯了，」郭頓在心裡暗忖。蛋糕是他親手訂的，郭頓想：「我定會負起這責任。」

離開地鐵站，雨已經沒有在下了。大地是剛沖洗過的味道。就在回家的路上，郭頓前往附近的藥局和超市，匆匆採買下初生兒所有的必需品。雖然肩膀兩邊掛滿了東西，當郭頓經過熟悉的水果攤販，還是毫不猶豫帶了一個哈密瓜回家。「缺它不可，」郭頓覺得，今晚必須要有哈密瓜。

方才水果阿伯，一瞄到阿風麵包的袋子就伸手要逗。郭頓一個反射性動作、不知哪裡來的生理反應，立刻豎起了保護小孩的架勢——他瞬速擋住了阿伯的手——「喔喔，恭喜、恭喜郭先生！」

郭頓覺得：嬰兒是他的了，從今以後。

靜候屋苑前方的斑馬線，最後一個紅燈轉綠。他總是忍不住，三不五時就要打開袋子瞄一瞄小寶貝。生平第一次，郭頓終於和他對上眼，一雙小眼睛慢慢睜開來——並且之於那一瞥：一目瞭然。

∧

郭頓打開了屋苑閘門。

在進入家門以前，他還有一程電梯的時間，躊躇該如何好好地——和老婆解釋清楚。小劉還穿著圍裙，之於客廳與廚房之間走來走去，雙手沾滿黏糊糊的泥巴。自從和嬰兒對上第一眼，她把手徹底而慎重地洗了乾淨。也幾乎是若無其事地——接手了這突而其來的保姆任務，手勢純熟得近乎直覺。郭頓發現，他也用不著焦急。兩人合力為嬰兒脫下身上的包裝紙、準備溫水、拂走他額上的白麵粉，並且用毛巾，仔細擦淨身體。

直至拆下紙條那一刻，郭頓和小劉夫妻倆才正式確認：除了養了多年的小貓女，家裡正式多了一個女貴賓，蜜蜜。

子夜十二點，無線電視，晚間新聞片尾曲。

郭頓從冰箱取出哈密瓜，廚房裡一刀殺、去籽，一塊一塊他盛在小劉新捏的陶盤上。剩下來的整夜晚上，他們窩在沙發上用叉，一口一口，吃乾淨。

（時光的眼神混濁。）

（時間的眼珠依然清徹。）

1 「狐狸先生」是流行於香港的兒童集體遊戲。粵語「幾多點？」意即「幾點鐘？」；「而家幾多點？」意即「現在幾點鐘？」遊戲規則是由參賽群眾一字排開，詢問狐狸先生時間。站在牆另一端的狐狸先生會隨機回應由1到12任何一個時間點，而玩家要根據時間作為前進的步數。每當他大喊：「12點」，隨即跑出來抓人——參賽者各奔東西、逃離追捕。

2 同樣流行於香港的孩童玩意。「木頭公仔唔準郁，唔準笑，唔準呱呱叫」是遊戲口號。「唔準郁」意即「不準動」；「唔準笑」意即「不準笑」；「唔準呱呱叫」意即「不準呱呱叫」。口號念完，參賽二人互相對視，誰先動了、笑了、發出聲響就算輸家。

3 引自BBC英倫網〈死亡真相：人死後身體的變化〉，https://www.bbc.com/ukchina/trad/vert_fut/2015/06/150602_vert_fut_bodies_after_death。

4 「咪有了土」意即「就有了土」。「咁風呢？」意即「那麼風呢？」

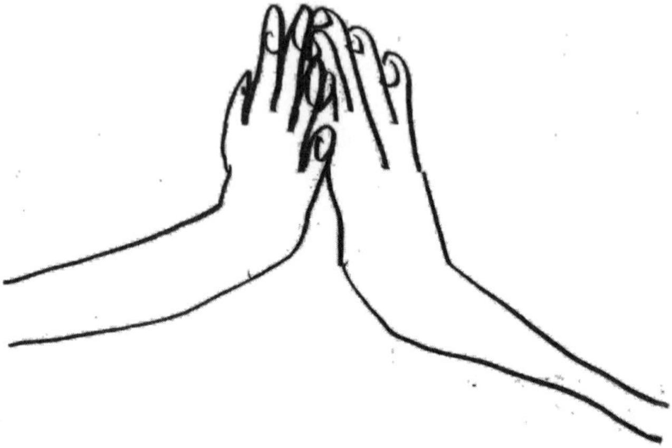

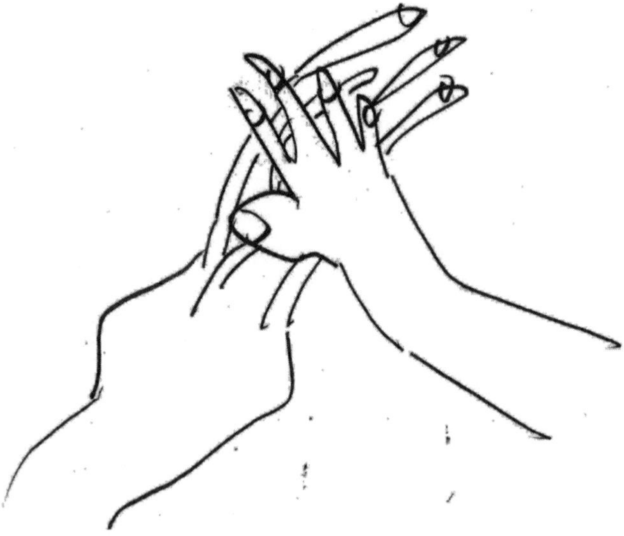

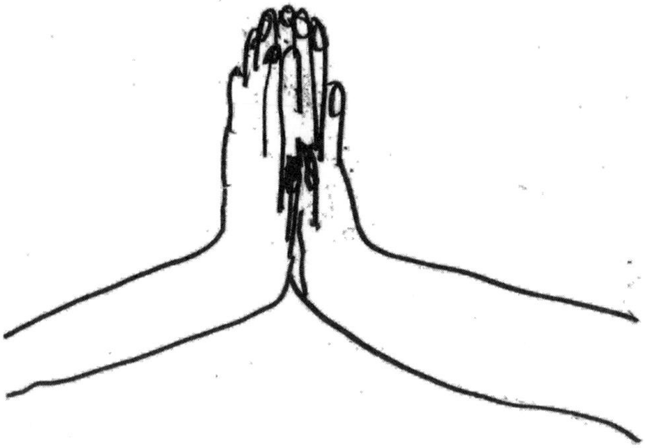

皇尚燈塔

1

十八名民工，從中國冷藏空運到達柏林機場。如同同機那一箱箱冬菇淮山、藥膳與食材，經過輸送帶通過檢測：溫度大致正常、添加劑沒含過量、原產地中國。他們是剛進口德國的廉價鮮活，海關人員點點頭蓋上印章。

另一邊廂，那一尾尾陳記風乾鹹魚，剛從廣西坐船送達皇尚燈塔，自以為走出世界走出了故鄉，終響個名堂噹噹。那十數口鮮活呢？老闆一聲令下，司機馬不停蹄把他們趕上旅遊巴，逐個逐點算，像恐防走失任何一隻雞、一頭羊。

就這樣，十八人糊里糊塗拖拉各自各的行裝下車。海東三十二吋行李箱應聲落地，衣物夾縫處，盡是限劑量的鄉愁鎮定劑：一只國產MP3、一張兒子手繪的生日卡、年輕老婆手織的毛冷圍巾。他晃晃頭差點忘了身在何處，為何在此。

2

我的名字在一通電話過後，變了小黃。就像動畫《千與千尋》裡頭的女孩，我們同樣被抽空了身分，剝奪了本名，還險些丟掉自己的母語。當萬物重新命名，在這兒生活大部分時候我活得像個聾子，像個啞巴。

一對年紀老邁的德國夫婦是餐廳常客。女人總戴著白色手套，男人頂著剪裁合適的紳士帽。午餐，他們往往選擇同一個靠窗的位置坐下。每週一三五會看見他倆緩慢地，從轎車下來。老闆打開門露出城府很深的微笑，俯身迎接他倆前來。

走進皇尚首先你會看見一座浮誇的魚池，幾尾生猛的鯉魚圍著假山遊戲、數隻我認為正在垂死的老烏龜，偶爾被客人投進魚池的硬幣嚇到。但名叫皇尚燈塔的這間餐廳，無疑是德國人眼中氣派奢華的建築物，座落柏林近郊。從高空往下看，翠綠間突然矗立一棟從顏色到風格俱格格不入的中式大廟宇。屋頂一片棗紅，木外牆配以鍍金邊的琥珀色玻璃，讓你看不見店內客人多寡。很多德國人愛在假日遠道而來，消費為他們度身訂做的異國風情與金碧輝煌。每晚六點，餐廳屋頂的燈塔霓虹就亮起，照亮旁邊兩具蹲獸，從沒半分差遲。

只因我是個不會德語的死啞巴，即便上過兩個月基礎班，大部分時候也只能負責清潔與收盤子的菜鳥工作。每到星期一早上，至少要把皇尚燈塔上上下下的窗戶抹一遍。從一樓外抹到內，再到二樓。然後是木製的餐桌餐椅。從還沒人坐的大圓桌開始，抹到角落邊邊的二人檯。餐椅的每一隻腳均要用洗潔精從頭到尾抹淨。我穿著老土至極的紅色旗袍，幾乎蹲著身沿著椅子走路，一張一張，拿著濡濕的爛布。中午客人不多，但我快被永無止境的木椅弄得頭昏腦脹。那位高貴體面的德國老婦人她突然像個仙女趨近我面前，脫下白色手套。我抬起頭，兩張十塊歐元就毫無預警塞到我掌心。她好像說了幾句話，但我都聽不懂。只記得她手很暖。她應該覺得我怪可憐。

那二十元讓我樂了一整天，我立刻揮霍，在土耳其電話店向櫥窗手指指，買了兩張國際電話卡。剩下的零錢，換來一個 **Falafel** 回家當晚餐。

3

「有沒有硬幣？有沒有一元、兩元的硬幣？」

世界各地的硬幣，對海東來說多麼重要。他最近跟佳祥鬥，一個年紀跟我差不多的男生。這群我後來慢慢熟稔的廚師從地球另一端到來，實情不過從一個中國氛圍，被轉運到另一個中國氛圍。皇尚燈塔，它彷彿只是個空降的中國模型。千里迢迢跑來歐洲，他們沒有變得更瀟灑、更自由。

「有沒有其他國家的歐元硬幣？有沒有硬幣？」

海東對歐元近乎著迷，從眼神你看出他一派天真，有兒時收藏龍珠卡片一樣的興奮。他甚至買了一個精緻的透明裱袋，每換一個，就把收穫放進去。他說的是歐洲版圖上不同面貌但同樣通行的歐元。一格放芬蘭、一格西班牙、一格捷克、波蘭、梵蒂岡……愈是限量版，他愈得意。

「有的我來跟你換，小妹——找天請你吃火鍋！」

老闆在第一天把我命名為小黃，說這樣比較好記。廚師們，叫我「小妹」，「香港的小妹」，連名字都省略。認識海東，是因為上班第二天，我棒著十二人大圓桌的飲料走一半，全部倒翻。老闆娘要氣死了，只有海東笑笑著，出來幫我掃玻璃。他們的話裡有很重的北京腔，繁忙時間誰緊急命令我去洗毛巾、收盤子之類，我常會弄錯。譬如說，把第十桌聽成第四桌。又當我推著手推車去收德國人的盤子，客氣微笑並先問一句從網路學會的：「Guten Geschmack?」（意謂：好吃嗎？）說好吃我就點點頭收盤子；說不好吃皺眉頭的，我就狀作認真聆聽，更趕快把盤子收好。他們到底在說什麼，有時候我也非常懊惱。這一切就像在演，演一部即興小劇場：

演一個懂德文的侍應？演一個會講普通話的中國人？演一個樂在其中的人。

4

從冰箱取出一大瓶日本清酒，倒少少的量加一點點白開水，到瓷造的杯子裡。滴滴滴咚咚。白色微波爐口大張開，清酒擺在裡頭透明的盤子上放穩，叫它閉嘴。大拇子與食指扭動按鈕轉個一小咪咪刻度。約莫一分鐘。齒輪立馬啟動。密閉空間它閃閃發亮，為盛載著的杯子，隆重其事打起燈。連帶透明盤子邊轉動、邊透光。此刻無數分子正在室內激盪！膨脹！求存！這麼一分鐘被溝稀的清酒是世界級舞孃。拒絕閉嘴的微波持續悶著，低鳴：「嗚……」一全世界只能透過黑網格子的窗口偷窺，看她自得其樂地發熱自得其樂地發亮。看她享受著，當一分鐘舞孃。她轉動時，以為世界正圍著她而轉。

我喜歡微波的一分鐘奢侈。腦袋完美給清空。看受困的杯子，發光發亮。

「叮！」

5

時至十點。老闆娘不情不願轉動鑰匙打開收銀機，撥起壓著紙幣的銀爪，一張、兩張、三張。我多麼喜歡紙幣發發發的聲響。六歐一小時的薪水在一天的辛勞過後送達我手上，一分勞力扣幾分薪水。她明目張膽地逃稅，我心知肚明被剝削，還吃吃笑笑地說，「謝謝、謝謝老闆娘。」

6

如今我與幾個德國室友坐在客廳靠牆的方桌早餐。聽得懂每個音調變化、抑揚頓挫，consonants 約莫抓得住幾個。一旦結合起來，所有德文音節對我而言毫無意義。雜亂的符號一連串，惟沒有通電或拆解說明，且算不上旋律優美。自從我的聽覺失效，餐桌間的嘴臉與神情，一下子活靈活現起來。你知道的，他們往往語帶狠勁表情多多。檯面上的看膩了，有時我就低頭觀看他們腳趾。有些人愛穿顏色不一的長襪，好些腳尖永遠破洞，形狀不一。在這空間裡，惟有咀嚼與刀叉碰撞聲是我們仨的共識。

坐在那邊又聾又啞持續了好十分鐘，突然想起今天是我難得的假期，遂趕忙逃回去我的睡房：兩百歐租來的空間，一張借來的沙發床。幸好房間有個寬敞的窗戶，早上陽光透進來覺得舒適。我時時隱約聽到樓下傳來好像是現場演奏的爵士鼓和吉他。最奇怪是人聲，聽起來，像極廣東話。到底從哪間公寓傳來？有地下樂隊正在排演嗎？還是廣東歌在這邊也流行起來？

我始終搞不清楚。

7

星期五，皇尚燈塔大門吊垂的風鈴沒有靜止過。客人的房車絡繹不絕，一架一架停泊餐廳門外。車頭燈探射進琥珀玻璃，暗了幾度。

廚房，一如戰場。午休時段預備好的食材晚上經已不足應付。老闆娘在廚房門外大聲呼喊：「趕快！你們有什麼問題！客人等了快半個小時。」

廚房，一如戰場。穿著汗臭廚師袍的廚師們在火爐面前猛炒；煮已經太慢，有些菜色直接用微波爐叮，多放一些調味，鬼佬不會發覺。酒保沒好多少，生啤落單無窮無盡、打開源源不絕的酒瓶、偶爾還要亂來搖幾杯調酒。你永遠無法想像，那發狂的單子可延綿多長。老闆娘向酒保大吐口水：「趕快！你有什麼問題？食物都上了飲料你還未做？」

廚房，一如戰場。包餃子用的肉碎與豬肉丸早已耗盡。單子還是不斷從機器嘔吐出來，快從檯面生長到地下。

「喂！海東！」

8

先把刻度調好，特別劣質的豬肉挑出來，逐塊逐塊放進些微發銹的絞肉機。盡量別太急趕，這台老機器最容易把肉類卡住。準備好了，就按下紅色開關。絞肉機啟動時聲響半分似是發電機，半分似是打印機。你沒覺得機器聲音都很像嗎？把肉塊當燃料，按下紅色開關，一條一條3D肉碎馬上就給列印出來。傳說城市之中，每台提款機背後都藏著一名勤奮的精靈算術師，把你命令要的金額算出來再伸手遞給你。那絞肉機裡頭是否也盤坐著一隻牙齒特尖的食肉怪？啥肉也吃，從來不挑，吐出來的肉碎必然大打折扣。好了。用手將肉推進旋風洞口，鋒利的螺旋噓噓噓噓運轉，好比一陣停不下來的龍捲風，把途經此處的一切摧毀；且眾生平等，無一倖免。

一般來說豬血早被放乾放淨，絞拌豬肉不會流出什麼血水來。這次奇怪，鮮紅的血水從旋風洞口噴泉一樣放射無論如何也不願意停下。絞肉機的聲音完完全全地變了、變了。它現在學電鑽一樣叫！

海東白色的廚師袍濺滿了鮮血。從袖口到領子到袋有半包菸的胸口袋。它不像平常殺魚不小心沾上的血。不像在鄉下，新年殺雞時噴出來的血。海東的白色工衣沾滿了鮮紅臭腥的液體，全都是血。海東的白色工衣，就沾滿他自己的血。

原來目睹自己的血液從體內持續噴出，嗅到它真實的鐵味，混和攪拌機的銹，真一陣反胃。就如本該好好被匿藏封起的秘道，一切不該為外人所知的流動與運轉，硬巴巴鑿開。血液流失好比生命的蒸發，蒸發得可快。要不是肉身被切開，有時真想不起來裡面包裹著那麼澎湃那麼活潑那麼深不可測的血海，通往無數支流。不過有時候，溪就是會潰堤。海東彷彿突然被召喚起：兒時家鄉過年放的大炮仗，燃爆以後一地通紅落地開花。其時不怕死在滿地紅上跳來跳去，和著大人們推推碰碰的麻雀聲此起彼落。

莫名其妙還想起新婚之夜：紅紅綠綠的雙人床被單上頭，那隻土俗的鳳凰。一夜間牠皺來皺去，醒來時候，還掉到地上。

9

後來我常常在想，當海東八歲大的兒子問他：「外面的世界長怎麼樣？」他回答得出來嗎？

幾秒之前還在開玩笑，幾秒以後，居然血肉模糊。海東的幾根手指，在不過幾秒鐘就被食肉怪完完全全吞噬走，碾成肉碎，還跟豬肉攪拌在一起。彷彿在旋風洞口面前，當真眾生平等，無一倖免。肉，還不過是肉。海東痛苦絕倫的慘叫聲連外面客人都聽得見。老闆娘，她第一時間把廚房門緊閉。

沒有人敢叫救護車，沒有人。也真沒有一個廚師說得懂德語。老闆開車把他載到幾公里以外一家鄉村醫院，據說在他清醒後，塞了他一筆錢。

佳祥雙眼發紅聲音顫抖幾近口吃：「要誰逼我我我也不願再說一次……」

每次再敘述就等同一次再經歷。事發過後一週，一片蕭殺寂靜。但你聽得見每人的腦袋裡，都有很多話在說。那絞肉機呢？第二天就被送走。一個可憐兮兮的留學生被命令把它清洗乾淨。老闆轉售再轉售，還賣了個好價錢。

五年時光，拿同樣的中國製鍋鏟、炒一樣的飯。這裡的外面，我不確定是不是真的算外面。

10

答應過海東的硬幣，那來自世界各地一元兩元的硬幣，我原本把它們收在信封打算回去就跟他換。也許讓他在褲袋裡一格放波蘭、一格奧地利、一格保加利亞……留給他的歐元，我一直放著沒有用。不過佳祥跟我說：「放心，他的珍藏比我多很多！」

即便沒有親身到過哪，我想海東還是可以在兒子面前炫耀他珍而重之的硬幣，作為闖蕩過世界的憑證。然後驕傲地說：「外面的世界特美！」

我相信海東的演技，他一定做得到。

11

除夕晚上，煙花盛開。我一個人面對自身的愚蠢。錯失了一班車，上錯了一班車。

我看月台上的鐘。

11:46 PM 柏林。旁邊的女生一臉快流淚的樣子。

當我看我的護照所在地早就抵達新一年，我還困頓車廂。

11:51 PM 門打開。車站傳來暴烈的鼓聲。一堆路人圍著街頭表演者狂歡。雷鬼頭男子站在中間頭垂得低低。列車門關上。

11:56 PM Friedrichshain 站下車。一對德國戀人興奮接吻。本想轉車但突然改變了主意。我決定離開車站。

12:00 AM 我離開了車站。來到橋邊煙花同一秒鐘就在我四周盛放爆米花開炸。

我想起後搖樂隊 Explosions in the Sky。不過現在更像是 Explosion am Bahnhof?.

除夕晚上，車站天空大爆炸。

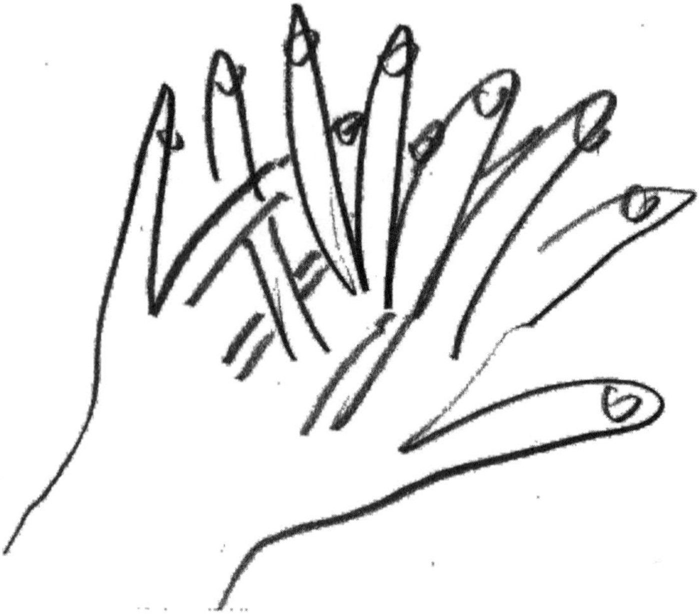

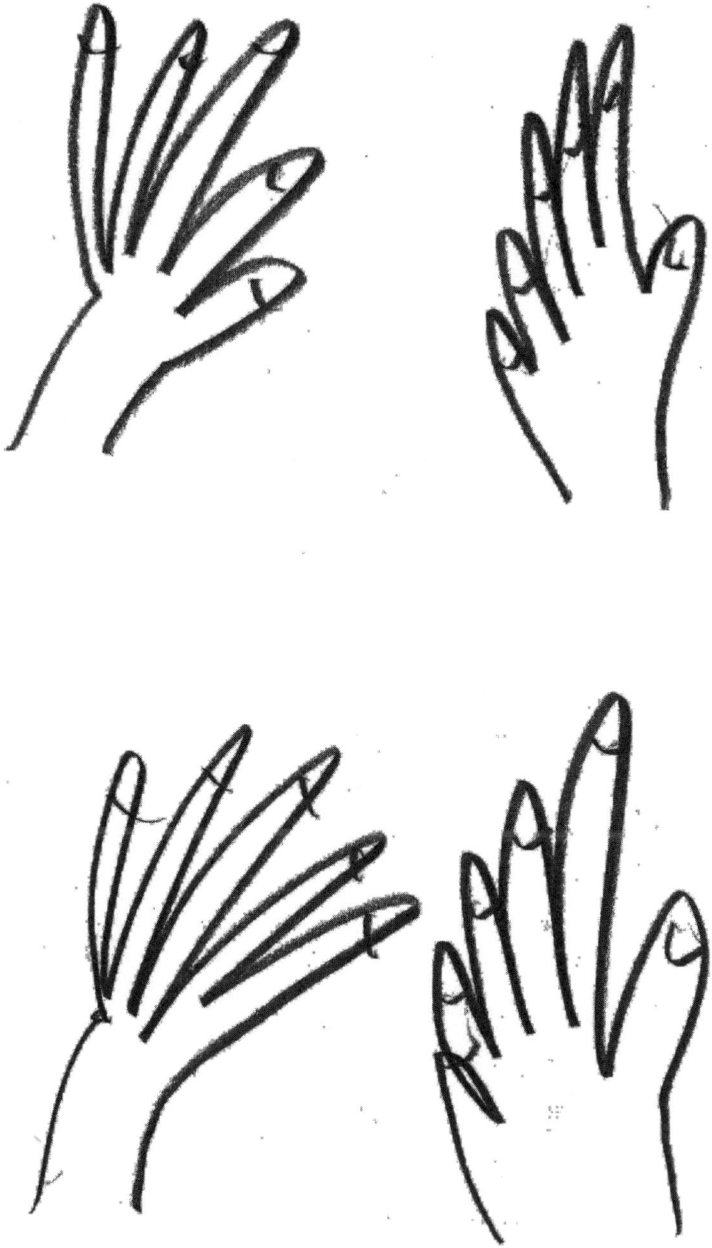

色情白噪音——那不是河、不是雨

「向蓮花中的寶石致敬。」

1

E娃曾向我明示暗示過她前生，她揚言她前世觀世音。

「你說你觀音？菩薩？」

「對，都不知做了甚麼蠢事——流落凡間受苦。」

說罷她們沒敲一聲就進來，直直地進來。聽不見禮貌上一聲「喔喔」、聽不見走廊高跟「咯咯咯」，聽不見任何聲音在門外吶喊：「喂，我開門囉！」她就這樣直直地進來。

也難怪，擁有千手千眼的觀音菩薩你，一下子把我「拎著」。

她常說，進入我好比「拎著」保齡球，塞滿塞緊。以反手扣球——滑進中指、無名指、拇指。但到底你要把我拎著到哪裡？晃來晃去總要丟，球還是要投吧？觀音菩薩一定是個蕾絲邊天才。觀察世間音聲，還那麼多雙手呢。

我話其實你唔止係觀音。你仲要我觀照自身。[5]

保齡球是我最喜歡的綠，像極我們涉過的溪水，混些水草的迷幻倒影。牠連滾帶爬趕在光滑的走道上閃閃發亮，因磨蹭而滾燙，似顆澤色亮麗的寶石，在拋光。被你丟出去的球迂迴前進，繞過S字型山路彎曲前進，一錯步我將滑入道兩旁峽谷直達無明，電視機顯示「嗶嗶嗶嗶嗶」：零。

對保齡球手而言，球的理想重量大抵是個人體重的十分之一。你把我拎著果然負荷過重——於是我連滾帶爬在走道上無可奈何地前進。球撞倒了終點十根瓶子，劈哩叭啦叭啦。

電視機「嗶嗶嗶嗶」，E娃你滿分。

保齡球其實是肉色，裡頭粉紅。

陰道明亮。

躺在床上你雙腳張開，我說我要幫你素描，素描你裡面。

我把你的門打開，兩根手指如同在手機螢幕上放大又放大的手勢——驚嚇地目擊裡頭一具活生生的粉紅色肉團，像胚胎雛型，因受逗弄而抖顫。我連聲

「哇！哇！哇！」地叫起來，彷彿是你新認養的青蛙：「哇！」

「真後悔沒把每個前度都看一看，」我真心感到惋惜。「覺得以前錯過很多呀！我都在幹嘛？」

「那每個再約出來看看啊，說『已經想清楚，而且認真後悔了。我從前錯過了你美好的陰道，能再給我看一次嗎？』」E娃雙手靠在床墊，看著我。你腿依然張開，上身只披一件粉藍色浴巾。房間冷氣開了，還是很熱。

蹲在地板上我小心翼翼再請門打開。這狹小卻遼闊的走道，裡頭沒路燈。

「一切惟心造。」

2

如今我坐在超級市場出口處的長型吧檯，靠著落地玻璃，旁邊買很大的阿姨正把一盒奇異果、一袋馬鈴薯、幾根芭蕉、一些蒜塞進環保袋，最後小心翼翼把禁不起碰撞的山水豆腐也放穩。坐在吧檯前我把僅餘數口，盛惠三十塊臺幣的美式咖啡一口喝盡。超市裡裡外外都人來人往。

在這種專營進口食材，即將關門會有法語廣播的大型超市走一趟，從一個貨架走到另一個，好比從地球一端攀到另一端。放置大門口促銷的是日本富士蘋果禮盒裝，挪移兩步是盛產自南非的紅地球葡萄、來自加洲的新奇士甜橙、智利的酪梨。以巴戰爭來來回回——但以色列露絲瑪莉與巴勒斯坦番石榴就平起平坐。壓縮的全球景觀。

有次跟新相識走在高雄的家樂福，天空還是粉紅色的黃昏我們進去，出來天已全黑。朋友開心以特惠價帶一幅仿波希米亞地毯回家。外面烏漆麻黑偶爾閃起一輪輪起伏的水波。

「是下雨了嗎？」

「那是河啦！」

超級市場商品那麼多，又是否每一個都能取代每一個？

我在軟體上將距離拉大公里從一到兩百。偶爾軟體促銷，你還能以優惠價環遊全世界，滑上全球的臉龐和心——只是遠水救不了近火，簡直不切實際。設定以後整個島甚至鄰近大灣區就在我指尖之間。

另一種貨架。比超市裡頭每一項貨物更活生生。雖說都是肉：老的、嫩的、硬的、軟的。偶爾也抓得到一些真心，你就好好收進精靈球。

稍有不慎，我們都極有可能在這偌大卻動線不明的超市裡蕩失。

我話，又或許所有走道都相通，條條大路通羅馬。我通向她，不過是為了通向你。

將一道門重重地關上，另一道門因空氣壓力而彈開。我們小心翼翼穿過每一條走道，終點，通向自己。

電視機「嗶嗶嗶嗶」——

3

這世界充滿了琳琅滿目的庇護所。

如果你想，今晚找張臨時的溫暖床鋪，絕對不必流落街頭。天主教或基督教組織在全臺大抵有上千個愛護之家，只是進去以後，你想必得履行一些義務——早晚間祈禱、向牧師交代身心靈狀況——這些都算。我受不了是空氣間流竄著的價值觀洗禮、又被逼與旁人稱兄道弟，或每項違背我良心的禁忌彷彿都逼迫我，為我性向懺悔一次、為我性向懺悔兩次、為我性向懺悔三次。

有時捨不得付那幾百元的手機網路加值費，一〇一蘋果電腦店才是我的真正大教堂。扶手電梯上升、往右繞一圈，朝著純白聖潔的外牆一步一步前進、朝著發光發熱先被搶咬一口的禁果謹慎前進——

淋浴於螢幕的聖光，我會站著看一整天抗爭直播、回電郵、跟幾個手足交代狀況。即便店員都三三兩兩走過來說：「請問有需要什麼？」「那可試用你們的藍芽耳機？」小天使男店員一度面有難色，最終還是幫我連上了一雙：最新型號、降噪頭套式。

我和我的網路諮商師，就在大教堂的雲端，面談了一個小時。

待久了就漸漸學會，去拜訪組織比較鬆散的機構，比方說廟。這地方林林總總盡是廟，就隱身城市邊緣，山上、溪邊、田野。這些地方的負責人通常不會對你人生指手畫腳、問東問西，進去以後盡可能給你一張竹蓆，打地鋪我倒頭就在煙供的香味中入睡，昏昏、沉沉。小時候，阿嬤就老在清晨點香，我想，我是喜歡那味道的。

無論是哪一尊佛，哪一個守護海的女神，哪一個照耀萬物的靈——進入廟以後我都誠心拜拜，盡可能付我的香油錢，希望諸神保佑自己，一路平安。

說來神奇，那晚我遇見觀音，是在臨水夫人的廟裡。她臉上依舊是那雙微微下垂的眼眸，低頭看著眾生如我。另外幾個房客早就呼呼大睡，只剩我還醒著，緊捏手上的被子——那掌心潮潮的觸感我仍記憶猶新。觀音卻像哈囉吉蒂一樣，她沒有嘴巴。我卻明明白白聽得懂她一字一句。於是我想，那根本不是用聽的——她是直接傳訊號到我腦波，送達時我還清楚感應腦髓「叮咚」、「叮咚」幾聲。原來現在的觀音已發展那麼發達？到底是電波還是中央網路？我當下震驚非常。最詭異是她在臺灣跟我講道地的廣東話，口音卻帶有八〇年代的女性風韻，像極當年無線電視台宮女劇那種調調：

「你係到～～做～～咩～～呀？」（你在這裡～～幹嘛～～呀～～？）

後方迴音與光乘以千倍，她自顧自跳起舞來。背景音樂我還清楚聽見

Leonard Cohen 在旁哼唱著 Dance Me to the End of Love 前奏那段「啦～啦～」觀音穿著她那白般透亮的長袍，看來陶醉飄逸，眼簾半開半合，空性自在。跳舞時她只享受她自己的軸線。

隔天醒來，我發現地上隱約的餘光。

我領悟了另一件事——

這世上的最佳庇護所，通通不是什麼人權組織、啥駐臺辦事處、啥國際後援會、什麼民主前線黨。最終真真正正替我度過種種難關：給我吃、給我住、給我呵護給我「愛」，甚至餵我吃啥米維他命丸ABCDE的，是偉大網路共和國聯盟旗下的「女同志交友軟體」。存在現實另一條分支的，另類烏托邦。

就座落我手機彼岸。

E娃掌心捧一堆彩色藥丸過來，再餵我喝水。

「怕你營養不良。」

看我二話不說把彩色藥丸吞光光，她又皺著眉頭說：「怎麼一點危機意識都沒有？不怕我把你毒死，賣給共產黨？」

隨即塞一顆口感冰涼的鐵進我嘴巴。我看著她的眼睛，吞進去。

那年的最後一夜，我們完全沒在許願也沒回憶過往，純粹現在。看紅色的煙火在綠色的樹上盛開坐在你那懸掛空中的高閣陽台，我彷彿浩浩蕩蕩又回到四歲，透明的海洋公園纜車於山間移動——巨大巨大的煙火，專門為這卡車廂盛開。真謝謝你為我準備這場盛宴，還命人點煙火呢，我說。別客氣，你又說。整夜凌晨我們聽歌、做愛、偷喝你爸明明很名貴的紅酒甚至還拿去煮。新一年早上我率先醒來，全裸站在你家「豪宅」大客廳中央，一整片藍天白雲以至埋進霧裡的環山就在我面前展開。果然是前觀音的仙女家無誤。

但難道這就是我所謂的流亡生活？

流落A家、B家、E家、C家、D家之間——充其量，我不過是個流浪炮友。有些仁慈施主收留我數晚。好些只願跟我待個甜蜜且沒名沒姓的週末午後如上週那個「Shuuuu323」，拍拍屁股就要我走。也有一些，麻麻煩煩前後糾纏數週。

不尋常如E娃，我一待就待了三個月。

慾望萬千，都救生圈。

其時她正值空窗期，工作剛辭掉，樂得有個玩伴——日日夜夜在她家人的老宅跟我亂搞。同時以實際行動發點善心，為「香港加油」。

見面時她劈頭先關心我家鄉，眼神流露最真摯的關懷，而我也衷心感謝。只是國家大事交代完畢，就不再廢話。

你也可以說，家都快沒了，還有閒情在這邊小情小愛？

我也不是沒有反省過。

只不過每當香港又爆出最嚴峻的衝突，頭破血流，之於那些至底虛無的人類瞬間：煙霧瀰漫。乒呤乓啷。槍火。跳樓。墮海。槍火。跳樓。墮海——我就真的只想找人上床。

一個安靜的房間。兩具專注而投入的身體。徹底當下的當下，絕對現在的現在。

我話我要而家、即刻，唔該。[6]

無論多優秀的基因，多聰明的腦袋、多性感的肉體、多好看的臉龐——就止於此時此刻吧。別跟我來「混為一體」那一套。別再跟我來「創造下一代」那一套。純粹性行為是去你媽的生產價值。去你爸的人類大文明。去你老祖宗傳宗接代。我要純粹。我要現在。

無法生孩子，我們勤洗手就可以。

4

有一個網路迷因是這樣：由金．凱瑞飾演的冷眼旁觀上帝在高空鳥瞰天底下的子民，兩根手指頭捏一捏就把人物A移到人物B旁邊。為了二人的「角色發展」，某些機關調配實在無可避免。不明所以，二人瞬息被宇宙洪流般巨大的旋風捲在一起、膠著，地心引力般自然地墮入愛情的銀河以至對方的肉體，如自由落體。不過很快，大爆炸——另一波旋風撲來暗藏刀刃的互相廝殺與分離，黏附殘膠把二人體無完膚地耗損，不明所以。藏在晴空中的上帝一聲竊笑，一切都在祂預期。

不過這也只是個網路迷因。

中正紀念堂，是E娃和我第一次約會見面的地方。大抵因為那離她家很近，而她需要找個「光明正大」的空間，掃一掃我。

在展覽區逛著逛著，我們走到「蔣中正總統文物展視室」。那邊有他用毛筆親手揮毫的軍事規條：

——不可嬉笑

——鄰近失火就要幫忙

——要漱口

——要刷牙

——要洗澡

——要剪頭髮（頭髮不可到二吋長）

……

……

鉅細無遺的細節可謂龜毛非常。讀到最後一則，我們忍不住指著隆重其事的玻璃展櫃大笑起來：

——要剪指甲（指甲不可長過二分）

「蔣介石真是個蕾絲邊！」我們猛點頭。
「那昨晚你有剪嗎？」我問。
隨即亮起她驕傲的雙手：「嗯哼，基本禮貌。」

無法生孩子，我們勤剪指甲就可以。

5

桃園下飛機以後，我從臺北車站流落新北邊陲、南下又往新店、跨越大安，經過龍山寺、待過木柵、去過動物園。有段時間，我甚至去了一下蘭嶼。她們喜歡摸我背後凹下去那條弧線說：「我喜歡妳這條線。」從背那條線一路摸下去到屁股，下降或轉乘，你大叫起來。

也許我正利用我身體的弧線作為列車，尚算年輕。

古老的怛特羅密教信奉性交修行：兩個自主的個體為享樂及提升心靈境界，必須聚在一起，挖掘彼此。[7]

「我終於理解為何前女友說過，想要一根陽具，通向我。」E娃說。

「什麼？」

「我剛也真想要一根，用下面感覺你。」

謹致持蓮觀音——白衣娘娘，你千手千眼千手千眼。

在妳們千手環扣的懷裡蜷曲如嬰兒。我在裡頭抖顫。

「我想把你吃掉」——誰在我耳邊嚷——「想把你吃掉，」真巴不得被你吃掉，從此滑進鯨魚的肚子。多想躲進鯨魚的肚子，開一盞黃燈向內，不再出來。

觀世音菩薩你是否「無男女相」？僅心的幻象。

在你們千手環扣的懷裡蜷曲如嬰兒。我在裡頭抖顫。

6

南韓曾經流行一個說法：「你要跟我去香港嗎？」

那其實是句性暗示，「你今晚要跟我高潮嗎？」的意思。

切一口「西多士」放進嘴裡，糖漿、奶油、滾油炸碳水化合物結合起來的一百分口感隨即解掉千千萬萬個鄉愁。幾天前，我在東區經過一家港式茶餐廳，心念念不忘一口「西多士」，沒頭沒腦衝了進去。坐下來以後赫然發現牆上那扇窗，正直播維多利亞港夜景，燈火通明的高樓大廈、霓虹燈、一輛移動中的帆船。時空錯亂，像極好些夜晚走在臺北車站後站，一個轉彎，誤以為錯步回到深水埗——之於南昌街、基隆街、鴨寮街。

那扇浮誇的假窗啟動高科技勾引食客一種遠方。

其實會不會，我也不過在消費E娃你，和其他包容我的女子——那尚存一息、苟延殘喘的「大香港情懷」。

那天喇叭放著林強的〈向前走〉，MV有他穿著白色T恤在臺北車站青春熱舞，頭頂著當期流行的郭富城中分彈來彈去。木柵的S卻突然說不如來點「廣High」，嚷我教她唱鄭伊健〈極速〉。要不然「今天今天星閃閃」——梅艷芳〈夢伴〉。

她們一個一個，把青春歲月對「繁華都市」的美好想像俱投射在我身，親手捧在懷裡；嘴巴嚷著可憐可憐，用手逗弄，她的衰亡。

電視上慘不忍睹的香港直播，換來你們拍拍我的頭。我的一貧如洗，我的無家可歸——燉幾個小時牛肉作晚餐、煮魯肉飯作午餐、煎薯餅作早餐、泡抹茶拿鐵我喝，泡士多啤梨香蕉奶昔我喝，還擔心我營養不良牛奶狂灌。我做夢般沉醉，於你們一時偶發的母性。繼續我蹩腳的國語——教你們粵語髒話一句又一句——換來的是你們愛我、上我、愛我、又抱我。

E娃那隻貓，總在我們上床時爬來爬去。

然後你會說：「喜歡這種蕾絲邊生活嗎？」

吸貓、煮飯、做愛、永不出門，看Netflix不斷轉台。

在你們千手環扣的懷裡蜷曲，我在裡頭安睡。

那些不經意埋藏你們童年深處的懷舊，每每如神明一般保佑我。是過年重播又重播的周星馳、王家衛、鍾麗緹、張國榮……那揮之不去的中環扶手電梯，穿越一個城市的心臟。一整個「奶頭樂」無窮的八、九十年代，曾經輝煌的無線電視台，娛樂工業無論如何，馬照跑、舞照跳。

「屌你。」[8]

「什麼意思？」

「就愛你的意思。」

馬照跑舞照跳。即便字幕掉了筆畫，旁白狂捲舌。

而E娃你是那種會用眼睛來跳舞的女人。

7

阿嬤曾跟我說：生生世世，我們不過在迴圈裡重複遇見同樣的人。每具軀殼，種住著循環再循環幾千百萬次的靈魂，穿舊又翻新。

E娃和她的貓，想必是幾生修來的好伙伴相隨十來年。你摸摸牠、又摸摸我。

「可以當你第二隻貓嗎？」我問。「看你乖不乖。」你說。

曾經我穿過你一雙眼睛如同目睹宇宙。在你流轉的黑色瞳孔我看到什麼，都稍縱即逝。

初次見面我言之鑿鑿，這奇怪：你臉上那三顆痣我曾經有過。圍在嘴唇的三角，是何等星際路徑？於是我重遇我昨日的自己。

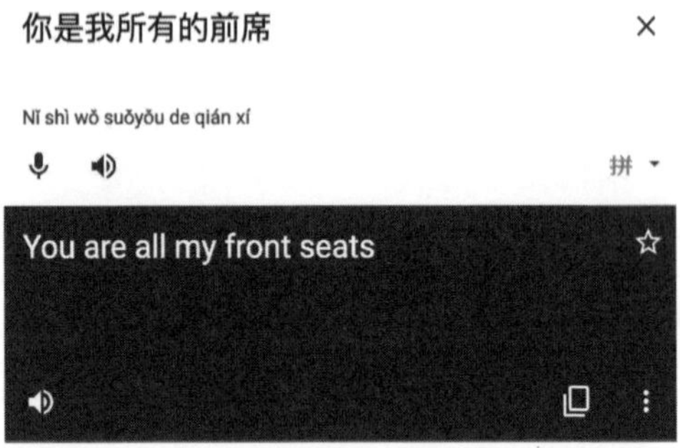
你是我所有的前席
Nǐ shì wǒ suǒyǒu de qián xí
拼
You are all my front seats

你是我所有的前夕
Nǐ shì wǒ suǒyǒu de qiánxī
拼
You are all my eve

親上去是否就進入那神秘百慕達海域——頓失定位，於公海消逝。別人找不到我，我以為我看得最清楚。

「奇怪，抱你的感覺怎麼像回家？」

惟所有家都是限時的臭皮囊——我們穿舊又翻新。

「在裡面，再一下下。」

8

二戰逃亡，終心力交瘁吞嗎啡自殺的班雅明，曾如此形容戰後傷痕累累的士兵：默然從戰場歸來，他們從此失去積極言說的能力。徒失一根手一雙腿，身上多了幾個洞——戰爭「經驗」絲毫沒有豐盛人生、提供任何有意義的啟示。

戰爭頂多只是盡了全力，教人欲言又止。

每逢週末，我都會背一個塞滿貨物的大背包，到人流較多的車站、地下街、藝術館附近擺攤——販賣一些同鄉藝術家的自製刊物、貼紙、樂團卡帶、無甚作為的別針或鑰匙圈、懷舊四大天王閃卡等等，讓自己的攤位也洋溢某種老香港情懷。曾遇上手足高舉光復旗幟，底下兜售無關痛癢的淘寶貨，好心人士一下子買光光。我先是震驚又妒忌，想一想還是低調些——其實討個生活費，實在不欲在人家喜氣洋洋的地盤，抗爭個什麼像個法輪功。

在不同的市集、熙來攘往的場所，我老是重複遇見幾個穿著盔甲的人影。

他們全都沉默不語，只步伐齊整地移動著。全身黑，從頭盔、防彈背心，長筒靴子，手上飄揚我家鄉的旗幟。路人不得而知盔甲裡頭住著何方神聖，甚至不確定是否真有人體。從不喊口號，不發宣傳單子，那幾個盔甲就只是安安靜靜地移動著，身上鋼鐵卻乒呤乓啷。路人無不瞪大眼睛，向彷彿不是此年代突兀的他們行注目禮。過幾秒鐘，方才甦醒般拿出手機。總覺那盔甲列隊的頭目，適合配一匹馬，「將」一聲，引領身後同伴離去。

我沒有想過加入他們，粵語相認。又或是說，從很久很久以前，我早就放棄了跟這邊的手足聯繫。太多太多我不想回憶的過往，並且我們都冷。

這裡沒有同樂會。有時我只想逃離，不想承認。

而生意時好時壞。

其實倒不如——就把我畫E娃你的裸像印出來，大量生產？我做成明信片三十塊一張、做成T恤八百塊一件、做成貼紙買五送一、做成限量茶杯墊黑白彩色任君選。我要把E娃你商品化、局部物化、賣場全球流通。我要把我對你的慾望徹底具體化、客體化、徹底廉價，直至抵消那一個一個纏著我像鬼一樣的幻影。

每賣一件，起碼夠我吃一頓飯。

「有夠賤！比陳冠希還爛，她有做錯什麼嗎？」

E娃你的確啥都沒做。我搭飛機逃來這又不是為了你。你早我幾年出生此地，又不是為了滑到我。E娃你實在沒欠我什麼？你頂多只是用力關上門，再也不邀我進去而已。

無法再用兩根手指打開你的門。我只好在螢幕放大你的臉，低像素、無底谷。

於是我想起另一位渾身酒氣、待過舊金山、手機一直響，跟我年紀相約的施主說過的話：

「反正網路上認識的人，隨時都消失的呀。」

9

在你們千手環扣的懷裡平躺，如蓮。

所有凝固一息間的完美精品：俱脫離上下文，局部截取。是以憑空降落——我們進入對方。出來。進入對方。出來。又進入對方。那麼多人穿過我們。每天，你讓多少人穿過你？我走進超級市場自動門闖開。我走入捷運自動門闖開。你進入我，自動門闖開。我張開嘴巴，你進來。互相餵養，如兩隻貓蜷曲。把舌頭放進去。把舌頭伸進去。話語，出來又進去。每天，你讓多少人穿過你？每天，我覺得自己活得一如便利商店。

E娃你還是偶爾、經常，如同色情白噪音一樣撞擊我腦髓：

無論我走路、我吃飯、我跟陌生人聊天，那突如其來的壞訊號忽爾經過我，甚至沒「叮咚」一聲——沙沙沙沙沙沙沙沙沙沙沙沙沙沙沙沙沙沙沙沙你上我的表情、沙沙沙沙沙沙沙沙沙你高潮的呻吟沙、沙沙沙沙沙沙沙沙沙沙

沙沙沙沙你第一晚在沙發上問：「喜歡裡面還外面？」沙沙沙沙沙沙沙沙沙沙沙沙沙沙沙沙沙沙沙沙沙沙沙沙沙沙沙沙沙沙沙沙沙妳在床上笑著說：「左撇子？你是左撇子？」沙沙沙沙沙沙沙沙沙沙沙沙沙我說：「你觀音？你說你觀音？」

10

踏出超市門外，面前亮晶晶一片寶石。那不是河、不是雨——是把玻璃砸個稀巴爛以後埋進瀝青的柏油路，在閃爍。

---

5 我說其實你不止是觀音。你還要我觀照自身。

6 我說我要現在、即刻，謝謝。

7 引自坎貝爾著《空行母：性別、身分定位，以及藏傳佛教》。

8 粵語髒話「屌你」，意即「上你」、「幹你」。

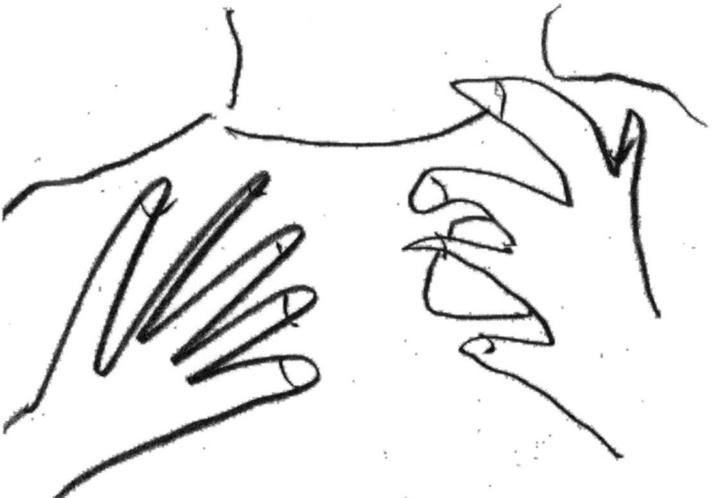

自由意志

1

露天廣場上數千名汗流成川的士兵形成一幅騷動的人海。主將的目的，到底為啥？我們乏力抵抗只能就範，不得動彈不得發聲，或許只有流汗這戲碼得到允許。若然你說「熱鍋上的螞蟻」這比喻實在太土了，我會說我們像極困頓微波爐之中等待空氣膨脹的即食爆谷，砰膨砰膨砰膨砰膨，滴答滴答地催促鹽分，發出滋滋的聲響。我熱切期待某晴朗的中午，藍天白雲，「叮！」身體從頭頂中央裂開，其時我們終得到援救，轉送到有風的高地。汗珠從耳際邊陲滑落到頸項，順著拉鍊探入脊椎，背包重甸甸黏稠稠地緊貼我的白色校裙，汗濕不就是最有效的膠水？繼續流汗啊，直至鹽分結晶，直至身上多長一層閃亮的水晶體盔甲。

主將一聲令下，我們徐疾有致地踏步離開廣場，男女分別排成兩條筆直的隊伍，由矮至高順序，魚貫離去。

8

綿密的被鋪下窗戶緊閉我的心律開始不正常、呼吸困難且心悸。房門只有虛掩沒有關上，窩在上格床我們浮浮沉沉。層友也和著節奏似地把門開了又關開了又關，進進出出「喂等埋……」眾人各自修行，當著面暫不多管閒事。走廊偶爾傳來女生刺耳的大笑聲與聽來新穎無比的粗口。他猛然把我的頭髮抓緊，有那麼一剎我以為自己快將暈厥床上休克倒下。醫院就在對街，但誰斗膽在眾目睽睽之下召叫救護車等同於線上將關係公告天下：「張恬與Ben Yeung正進行開放式關係」，才不要。奄奄一息之際不禁想到上週聖安宿那對鬧上法庭的虐戀玩家，血流不止手銬還弄不見鑰匙，往後一週八卦傳媒天天守候。想到此我趕緊渾盡全身力氣用腳一揮棉被踢開，「不要！」他鬆開雙手。黏稠稠的身體壓在胸前，在我耳際邊陲大口大口地喘。一股龐然的厭惡，我把他推開。

手肘貼手肘、小腿貼大腿我們平躺床上喘氣。體溫仍克制地互傳，但再多的親密不必。

1

七樓，教人沮喪的數字。我們清晨起床早餐不怎麼吃過卻要背上大石般沉重的背包，爬上百級樓梯。彼多分主任往往在早會完結前提早離場，慢條斯理地前往升降機口。在這愚蠢的烏龜與機智的白兔一役，我們此等士兵穿著毫無作戰能力且透風不良的白色制服，兜兜轉轉兜兜轉、背包一圈重過一圈。氣急敗壞登上山峰時抬頭一看，我們再努力還是敵不過科技。終點沒有青蔥高原、沒有一望無際、空中更沒有勝利的旗幟飄揚。主將氣定神閒地坐在教室中央，看到這幕我往往開始心律不正、呼吸困難。這役天天都要打，但預設是角色與裝備，我們輸定了。

汗不想流也流了、樓梯不想爬也爬了。按照號碼坐下，各人平均擁有若干八個正方格。書桌與木椅規律排列，直數七行、橫數五行。我有幸被安置到靠窗的方位，好比背山面海的樓盤灼手可熱。同行夥伴不禁向我投下艷羨目光。甫進教室我便自告奮勇執起繩索把所有百葉簾都拉起，從這裡看得見西鐵列車經過，呼嘯數秒再鑽進兩旁樹蔭不見聲色。冬季時夜色提早降臨，轟隆轟隆……仰望剎是光芒連串，透過列車窗戶一閃一閃。如今正值炎夏，樹木仍紋風不動，靜悄悄靜悄悄的。

8

天花板光管與上格床距離不足一米，燈光極為刺眼。我的雙手落空，單人床如今寬闊非常。喉嚨異常乾涸，急需一罐冰凍可樂。他到哪裡去了？百葉簾只拉起一半，想看風景但窗戶霧氣綿綿。我大概一不小心又走掉了八半的課？

房間裡正有兩名體育系精力旺盛的男子，而我全然裸體。被窩裡我小心翼翼撿回內褲、胸罩、腳尖破掉的絲襪與毛冷上衣。「早晨啊！睡得好？」阿恆一邊伏地挺身一高一低一邊煞有介事問候，昨夜就是你一直在房間進進出出嘛？我暗忖離開。

1

數算時間，尚餘四十五分鐘今天的士兵訓練終告結束。天花板上的旋轉風扇正以高音依牙依牙地嚷，聽起來像極斷開了的嬰兒竊笑。今天最後一環是三連堂，主將在七條書桌列隊前，每五秒停步一次分發試卷，一張一張往後傳，他的木底皮鞋每走一步，地板上觸發出拍拍拍拍拍拍——

浮游起一些文字——「〇〇四甲班」——「夏」——「逍遙遊」——我放眼開去那雙翼好比白雪、好比棉花糖，正乘著風披著光穿越層層雲門，與我對著看。是鵬嗎？是魚？此時此刻樓梯與升降機之役不再重要，有風的高地，果然用飛的去。柔軟之鳥慢慢往我身體靠攏占滿整扇窗體，四壁迴盪起趕忙翻頁的窸窣聲房間滿滿是低頭的姿態。我張大嘴巴往敞開的窗戶去靠攏，軟軟白滑的毛毛，在我鼻哥。

8

「後現代人生哲學」的講師是位禿頭中年男子，凸出個肚皮。他現在踮起腳尖背向我，白板上麥克筆以高頻依牙依牙依牙地嚷。

這地下演講廳比街道還冷。課大概已上了一半，我找了個與世無爭，最不顯眼的方位。周遭的臉孔認不出幾個。總算安頓好布袋就微微抖動，我笑著想你終於也想我念我？還是按捺不住要找我？把所有東東全都翻了出來，不是錢包不是唇膏不是可口可樂不是……混雜而材質不一的漩渦我還拉出一條長長的圍巾，身上唯一一支墨水筆卻掉落地上，卡在樓梯與座位下的間隙，身旁的長髮男向我投下錯愕目光。終於找到了手機飛快輸入數字解鎖，瞪大雙眼但最後一條信息發送人，依然是我。

1

鬆鬆軟的毛髮騷動，在我口腔內室，「帶我走！」這下子話語一出，卻如同按錯哪粒ESC鍵，牠面朝著我但遙遙退後漸行漸遠，沒入四散的雲堆——

舌頭上摸索，門牙前前後後，我推出一條金光閃閃的毛髮。

坐我身後的同志拍拍我肩膀傳上試卷，我疊上我的。紀無先生年紀也不小，如今繪影繪聲模仿「鵬」模仿「鯤」——雙手拍打空氣，又潛進水。我抹走眼角的煤屑。

不得了呀！敵軍投下萬千根銀針，霎從天而降——祂們甚至全權掌舵了風勢轉向，往我等基地一發不可收拾。好不容易從軟脇脇的擁抱中回神，始覺臉頰有幾分清涼。鄰座同志隨即警覺站起替我把窗戶一一關上。就連靠近走廊位置的士兵也無一倖免，敏捷銀針以機靈角度傾斜切入，探進門口、探進窗——解我們一身的水晶體，釋放鹽分再度，刺痛雙眼。膨膨膨膨的爆谷依舊困頓微波爐盲動空氣膨漲，歸心似箭但不得離場，門的把手在外囂張。一剎閃電過後我們之間就有位同袍發出了長達五秒鐘的尖叫自亂陣腳，其後轟雷聲成為了最美麗的低音奏和——

「現在是下午三點四十五分，戰況極不樂觀。我們被敵方全面包圍全面包圍，請緊守崗位，尚不得離開現場，離開現場。」

8

將錢包疊上去八達通感應器，沒 Do 一聲——身後乘客立刻鼓譟，Jap 一聲。從後現代禿頭教授那邊離開、翹掉整個午後的課我順道把礙手礙腳的行李箱從宿舍拖走。正欲購票之際，Ben 與他正印女友王妮手牽著手，往我方向步步逼近。

愣在原地我一動也不動，雙眼似乎卻能看穿這兩具身軀背後，女星陳洛淘代言的亮麗秀髮宣言：

「清爽不糾結，愛灑脫！」

1

走進升降機，按下十八。氣氛侷促居然還人頭湧湧。一、四、六、七、十、十三、十八。人們進了又出，叮噹叮噹，數字標亮著的全是紅燈。一位男子向我逼近，蓬頭垢面衣衫襤褸。他往我的透白色校裙上下掃視，眼神專注定睛在胸脯位置。我用手上的經濟科書本遮掩，一陣嘔心襲來！真想趕快離開。

8

走進升降機，按下十八。氣氛侷促居然還人頭湧湧。一、四、六、七、十、十三、十八。人們進了又出，叮噹叮噹，數字標亮著的全是紅燈，有點眼熟的男子向我逼近，蓬頭垢面而衣衫襤褸。他在我的胸脯位置定焦，我高舉手機鏡頭直逼他眼睛：「望乜撚野望？」[9]

18

長長的走廊今天沒有燈。我從升降機口走出來，只見微弱光塊，從住戶的通花鐵閘溢出。順著身體記憶一路踏步，我拖拉行李輪子往家門前進。走過來是張太與老陳我說「嗨！」他們目無表情。走過來是尻欣我「喂！」一聲她滿是疑惑。走過來小尼奧我甚至來不及問好他急急踩下滑板車於我身旁一陣風溜過——「衰仔就開飯！」[10]——烏漆嘛黑張叔叔直接撞我肩膀居然還沒一聲Sor。[11]來到家門大閘八〇八，我心律不正直飆冷汗。沒開燈的客廳有電視放映今期「瞬間看地球」：墨爾本、吉隆坡、胡志明市、拉斯維加斯，清一色藍天白雲。錐型高樓或三角城堡背光一如剪影，我看迥異的城市以水平運鏡擺動一如我的脖子從左轉向右，放眼開去有一雙帶鱗片的翼靠近，金邊，如積雲，像是棉花糖，直逼滿我家客廳電視螢光幕。我就站在那邊一直看，好像想起了什麼——閘門倏地哐啷眼前一片白光，我張大嘴巴。

「阿女你傻左？企係到做咩？」[12]

9 「看你媽？」
10 「臭小孩快開飯！」
11 粵語口語「Sorry」的簡稱。
12 「阿女你傻了？站在這兒幹嘛？」

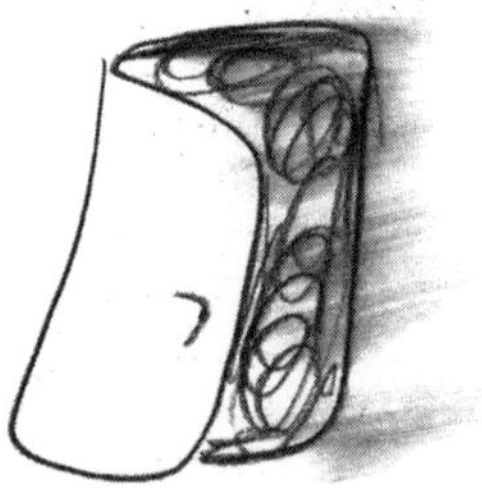

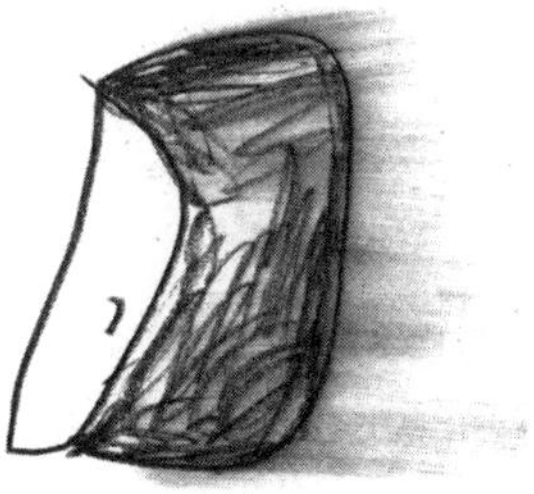

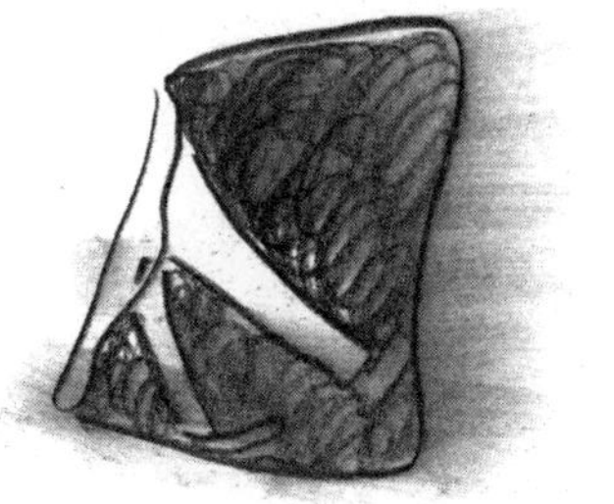

金黃法拉

你有聽過維珍妮亞白手套的故事嗎？那位風靡國際，演唱會開賣黃牛立刻賣翻好幾倍的波蘭女高音，她有她的白手套。每次巡演無論舞台大小，她歌唱她捏緊她的白手套。

沒聽過？不然你起碼知道菲力茲怪士的臭毛巾吧。浪漫派鋼琴家，以演奏刺耳對位、毛骨悚然的持續高音，於十九世紀末音樂圈小有名氣。但說到讓他真正在上流社會打開知名度，則有賴轉述能力高超，剛好經過後台的清潔女工轉告再轉告，繪影繪聲一傳十十傳百直把他從人化作神話：「一具全情投入的身體旁若無人舞動上半身，頭髮飛揚，簡直以飄逸的髮絲就向偷窺者展示著高八度、低八度。」據稱他屁股曾從坐墊跳了一下，身軀整個往右方傾斜，其後好幾綹頭髮不可思議靜置空中，長達五秒鐘。如果清潔阿姨沒說謊，只好相信是他敲打高音音階的頻率火速火速到頭髮趕不及倒下，構成反地心吸力的肉眼假象。這位生動的演說家每次都懂得把玄機壓到最後：「其實我根本聽不見。不過是條臭毛巾。」

啥？臭什麼毛巾？

出場前一個小時，菲力茲怪士必須一個人在後台糾纏他黃黃的臭毛巾。據說它又皺又霉，怪士就是愛抱著它在懷裡，這邊捏捏那邊嗅嗅，才慎重地攤開、撫平皺摺、彈奏。這地下傳聞與他在台前瀟灑不羈、高大威猛之形象構成強烈對比——讓聽者，猶女性居多，不由得產生無限母性的憐憫與好奇。從此他聲名大噪，沙龍演奏會場場爆滿，鑲金臭毛巾別針打造成周邊商品，銷量極佳。

「他在那無形的琴鍵上亢奮舞蹈。只有他聽得見。」

你說你都沒聽過？臭什麼毛巾？

蔡他跟我說，他見過他以為天底下最自信的金牌教授，手心冒汗緊握他的紅酒塞。從前宿舍裡的阿姨，每天清晨奮力向陽光掠擲她的被子。阿光緊張時繼續咬他的指甲。正如彼得出賽前，必須打他的手槍。

我要找的就是這個。

這個？所以是哪個嘛？

∧

每次在外頭耳機戴上，不得已，就是想起從前那個我。彷彿那延長無形的藍芽莖把我通往彼方：十三歲，我剛上中學——鐵門大閘隆隆隆隆聲關上，甫踏出家門就要讓音樂塞滿耳朵。那是我早晨一條必經之路，鈴聲隧道。到校門前的最後一秒鐘我將一整個耳邊世界連根拔起、電線捲好、口袋安放。當然壓根兒也知曉，好些纏人的音蟲還殘響於我腦底無人發現。牠們一節一節地蠕動一寸一寸欲吞噬我的海馬體，我的清醒。

在好二十年前，我家鄉發生了長達五年的混沌。潘朵拉的蓋子終究嘩啦嘩啦崩開來，整個城市從此嘩啦嘩啦反擊反彈，東南鬧到西北。人民堵住每個街頭——軍方或民眾釋放的毒氣光天化日下明目張膽，沒有人避得開。其時我剛畢業、失業率高企。跟我差不多年紀的，有些流亡，有些進了牢，還有更多，不明就裡就消失了。

苟且偷生存活下來的如我，那時代的遺留，偶爾也像音蟲一樣從土裡翻出，把我嚇一跳。

最荒蕪那年：我沒有跑前線，沒有參與幕後。我逃跑去了。我跑了一些奇形怪狀的地方。為了一個無關家國、無關正義不正義、無關國族主體的東西，我得不到答案。於是我認識了許多怪咖，問了他們同一個問題。

車窗黑鏡前那張鬆垮的臉，水腫、黑眼圈放縱，是我。把音樂調大，外頭車水馬龍，我再也聽不見。鐵閘隆隆隆隆聲關上——

1 依尼亞斯

「這一切只是距離問題，無關困不困難。」

依尼亞斯，迦納人。我認識他時他在網路廣播：徵求一位女聲伴唱。我隨便丟了一個自命不凡的私訊過去，如同小時候媽媽教過：「說謊很壞，但吹牛可以。」劈頭第一句，我自稱女性音管實驗家、二十一世紀芒凌女王接班人。因為依尼亞斯，我吃了一頓五歐元的烤雞。不過那是後話。

在充斥駭客與騙子的網路論壇，我們聊了幾頁終於碰頭。他沒戴他照片上的金項鏈，現實也無人為他打舞台的燈與煙，因此他身前並無五彩的光影晃動。在快入夜的自助洗衣咖啡店，他從沙發上站起來，熱情向我揮手；雖然他矮得，我差點看不見。

「從一個音滑到下一個。像你在鍵盤上我們這邊是E，過去七格，又是高音的E。在音程之間就好比爬樓梯，一高、一低。那麼中間？不過各種距離。」

為了展示他的說法，依尼亞斯把他的手掌張開剛好包裹著外面緩緩下山的太陽，左手在右手指頭上彈跳，陽光在搖晃中的縫子間探頭。

「你聽聽看，像那滾動的筒輪一卡一卡的。拍子！」

突然他跑過去正劇烈運作的洗衣機旁，用力敲打銀色的機殼。儘管期間洗衣店人來人往，不是抱臭掉的衣服來，就是一手咖啡，一手剛洗淨的衣服離開。

「拍子！拍子也只是另一種距離。」

依尼亞斯講話熱情、直接又大聲，他身旁的洗衣機卻跌跌撞撞——咯——咯——咯咯——往膠著的衣服白泡狂噴。從前我好像的確有個特殊技能，讓還沒熟絡的陌生人，跟我陷入莫名其妙的對話。而且彷彿，他們都想拯救我。如同酒醉吐心事、白日之下，說著說著，他化身慈父從洗衣機那邊走過來直視我眼睛：

「就像你不用知道世間每隻鳥的名字，還是聽得見牠們的叫聲。就挑你無法命名的音，放在你喜歡的距離裡，不就好了？」

回到旅館，我感覺又沸騰起來。外面交誼廳有一群新來的美國人吵吵嚷，我回到房間繼續彈我的吉他，紙上畫下我發明的記號。過幾天，終得到依尼亞斯一個演出邀請——到他打工打掃的餐廳聚會開場：長達二十分鐘！當我背著我的效果器來到現場我發現那邊根本沒音響、沒麥克風、沒音箱。就一張椅子。然後我學會的一課就是：一切的確只是個距離問題。坐得近的聽得見，坐得遠的，都在聊天。

我得到五歐元的演出費。

2 橄欖

Olive，暫且叫他橄欖，光頭的德國人。直到現在，我還清楚記得他只穿內褲、裸著上半身，準備上床的樣子。雖然後來跟他鬧翻，也難怪、在他家，我住了有一個多禮拜。

寫在衝浪沙發愛好者論壇的置頂頁面，流傳著這樣的不成文規定。有關條件交換，基本上是這樣：

（一）甲方百無聊賴。

（二）乙方路經此地。

（三）甲方提供空出的床位或沙發及浴室供清洗。

（四）乙方提供以遊人的異國風情／禪式深度／浪漫奇遇／新鮮故事，回甲方以幾天的生活調劑，百憂解。

（五）乙方尋找下一個甲方。重複以上。

像每個剛畢業就失業的新鮮人，口袋沒幾塊錢，只好寄住朋友或朋友的朋友家，不就衝浪沙發。「賓客像條鮮魚，過三天就臭。」我總要在我保鮮期過去前離開，敲下一道門。況且這一整個世界，所有門加起來應該多的是吧？我甚至以為我大可從此四海為家，每天重新自我介紹一次。

一打開門，欸，簡直從螢幕頭貼爬出來，Olive連貼身T恤也是同一件。舉手投足都有點娘、臉圓圓、頭頂發亮。招待我進去的姿態像極個酒店大廳服務生：「這裡每樣你看見的東西，請隨便用，」然後劈哩啪啦，把抽屜與大門開開闔闔，逐一介紹他的咖啡機、他的電動奶泡機、自動洗碗機、五十吋液晶電視機、甚至刷皮鞋機……

以獨居來說，他家是大了點。日照陽光良好，落地玻璃窗外有屬於他的綠色庭園，庭園甚至有鞦韆。「偶爾可能會有隻可愛的狐狸跑出來，」他說。

橄欖是個任教於三流大學的音樂教授。求宿時，我特別為他量身訂做了一段不失誠懇的自我介紹：聲稱自己浪遊音樂家、環遊世界的田野錄音捕捉者。不出所料，即日我收到他迅速回覆：隨時入住。

我以外，他家還有一對阿根廷情侶、紐西蘭夫婦、一個很安靜的日本男生作客。有時我們大夥兒到湖邊游泳，大家脫光光，只有我穿著連身泳衣。好幾個晚上還夜夜笙歌、白吃白喝。偶爾分攤一些買酒錢、坐在地毯上聊天，翻他書櫃上的精裝地圖：這兒，這兒我老家。飯後橄欖哥高舉兩個紅酒杯，得意跟在座每位表演私人敲擊。叮、叮叮、叮叮叮。兩個玻璃杯碰撞激起的泛音，雙聲道環繞耳際。一夜過後，又不知摔破多少個杯子？酒醒了，又圍一起喝晨光的咖啡、一籃一籃堅果麵包硬的脆的軟的，配果醬芝士鮭魚什麼什麼……每天豐盛得不好意思。

有天午後聊著聊著，一不小心，對話又陷進莫名其妙的氛圍。彷彿我是個不知哪裡蹦出來的巫師，把大家一起扯進稀巴爛黏稠稠的迷宮——舉起火把站最前方的，是我。齒輪旋入奇妙的凹槽，又是咔一聲。阿根廷女生，整個像快融化的貓咪，抱著膝蓋對我不時點頭。紐西蘭夫婦肩並肩，女的不時發出若有所思的「嗯……」。男的，立刻揉揉她手背。

此時喇叭正在播放節奏明快的碎南瓜名曲〈1979〉。可能是身為人師的關係，橄欖教授終於看不過眼，驀地從餐桌站起來。

「來！我教你。」

他抓住我右手來到客廳中央。

「來跳！」

我好像沒聽錯：才剛吃喝完半打麵包、兩杯咖啡，他要我聽著節拍跟他一起跳。正確來說，他已抓住我雙手逼我一步一步跨開腳，命我如印度蛇一樣律動我身體！

「你感受到了嗎？音樂不是用數的！音樂是用身體感應的！」

「你感受到了嗎？你做到了嗎？」

此時他已把我一直旋轉一直旋轉，你知道陀螺的鐵針一旦旋開無法貿然中止。彷彿我就是那黑膠唱盤的黑圈——旋轉速度愈來愈快愈來愈快快到我後來都忘記了數拍。我的心臟、我的心跳跳得果然比碎南瓜還快。就在這時候，落地玻璃窗外的鞦韆——蹦出了傳說中那隻狐狸。

身後的情侶開始忽略我倆哇哇地叫起來：「好可愛！」「你看他眼睛。」不過橄欖哥就完全沒有停下來的意思。他要我彈起來！我累得趴倒地上，與外面那隻狐一直對看——那的確是我人生第一次看見狐，也可能是最後一次吧。

3 霍斯

寒冬要來的時候，老家選舉出現有史以來最荒唐的舞弊。投票機器捏造了大量虛構地址與幽靈人口，塞海綿一樣湧入投票箱，逼使獨派大敗。城中暫緩的反動，隨即復活起來。對比我德國零下二十度嚴寒，當時老家經歷的是熱帶冰雹——壓下來每顆在地上爆開絕望、想不透的未來，以及負離子貼身暖衣也驅不走的冷抖。而我，除了從二手店撿來那完全不合身的男裝大衣，毫無禦寒準備。不用打零工的日子，就窩在短租公寓的火爐旁取暖。最終在一雙保暖靴與火車票之間，我選了後者。甫即動身，前往我想像中熱情如火的西班牙。

在我這土包子的想像邊界先看見弗拉門戈舞者、鮮紅絲質長裙、大海。西裝男人優雅的黑皮鞋踏踏踏。水果飄浮的溫暖**Sangria**。無家吉普賽。蓋幾百年還沒蓋好的高第教堂。我想我還會想到馬德里，三毛念茲在茲的所在地會否為我捎來一些靈感？我還記得我煮失敗過的西班牙燉飯。阿莫多瓦。浮花。火車全速在跑的時候，我在窗前看見一個一個風情萬種的女子。

就在南邊小鎮一個河邊的跳蚤市集，我遇見霍斯。

不過首先，引起我注意的，是他周遭一圈聚精會神的群眾。攤檔正在打烊，只有賣水果的叫喊聲不絕於耳：趕快！特價！大賣！對比嚣鬧的市場，那圈精神集中，異常鎮靜的觀眾就更顯怪異。彷彿四周蠻橫的叫賣聲全被過濾，沒有人受到丁點干擾。然後我注意節拍敲擊手，幾塊銅鑼爛鑊、金屬、一兩個鐵桶就組成一套鼓，以力度維持空氣的節奏，亦迷惑著。這兒雖是西班牙，我卻感覺羅馬鬥獸場一般蕭煞。直覺那裡頭有圈把人困住的隱形音波，只是音波你看不見。或許我才剛經過，本塞著耳機，那些鐵桶迴鬧的殘響、金屬觸碰以後無限延綿的泛音音波，對我身體才趕不及構成催眠。一旦我放鬆，墜入那拍子的迷障，我知道我定會變得跟他們一模一樣：一個一個張著弧度雷同的嘴巴、搖同樣幅度的頭、瞪眼白面積相當的眼波。

表面上維持節拍的是敲擊手。實際上真正掌控全場節奏，是椅子上的霍斯。從一開始他維持差不多的姿勢：雙腳不耐煩張合，但表情認真，認真得整塊臉繃緊，扭起來如沙皮狗。在他雙腿夾著一具金屬低音號，手指頭扶著，有時按下去有時不。由始至終，你可說他從未發出一下聲響，只是極其嚴肅地，坐立不安。可是很明顯，他才是全場焦點。每張張開著弧度雷同的嘴巴的臉、搖同樣幅度的頭顱、面積相當的眼白，角度都朝著他。吹與不吹之間，霍斯的身體動作與手指頭表現上百種花式，有時調戲你、有時恐嚇、有時引導你以為得到更多，繼而把你摔壞。當他漲紅了臉我們以為他正要大聲放縱地吹起來——只不過極不耐煩將發聲口從嘴巴移開。「還不是時候。」他表情明明白白寫著。愈靠近那金光閃閃的低音號他愈眉頭深鎖——每個圍觀的民眾，被霍斯的準備動作壓倒性迷倒。三十分鐘飛快過去。我們每個人的胃、神經、骨頭，隨著他要吹不吹之間繃緊又鬆開。況且經已投資了三十分鐘等待，也不怕再來個二十分鐘、四十分鐘、五十分鐘。

所有音波觸及到的身體，一具一具滯留現場。倒抽幾口氣，再倒抽幾口氣。

∧

「金金姐，四小時以後回來接你？」

司機阿偉剎停在一個紅燈前，轉頭對我說。

「最多四個半，超過我照樣付你錢！」

車門帶上，我開始提著大包小包，前往今晚的場地。位置不好找，下車後還要爬一條要命斜坡，拐進巷子。酒窩就落在死胡同盡頭。已有一票穿著古靈精怪的人客在門外排隊。老闆如常不偏不倚在六點鐘掀開那上鎖的透明玻璃方盒，拳頭往釘在牆壁上那顆紅色警報器壓下去。天空上、壁紙上、舞台上的粉紅色燈飾全數燃起。背景音樂亦於同一秒鐘，從輕爵士化為誘人騷動的緩拍電子樂。看來今天茶館模式已經過去——所有來喝咖啡做功課的小孩，通通收書包離開吧因為夜間成人模式，正要開始。

「終於來了！」酒窩老闆一見我就給我來個大擁抱，吧台那邊已為我準備我最愛的三層芝士安格斯牛漢堡、一份焗烤鱈魚排。「還有這個，」美基雙手端出一碗酥皮洋蔥濃湯，冒著煙。

「阿Dee，趕快來杯黑麥酒！」

一袋、兩袋三袋，靠近沙發我立刻放下我的大包小包如釋重負。肩膀疲疲的，似乎記錄著這年來我到處換場，行裝壓在身上的重量。開餐前我先把禮服掛好，高跟鞋旁邊準備就緒，提醒我這輩子要駕御的高度，而高度要準備。假髮再噴一次保濕。好好寶貝你的工具，你的工具就會寶貝你。我看眼影、紅唇、閃粉在，我重點氣色都在。手伸進口袋——嗯，它也在。

「月亮三稜鏡力量，變身！」

^

西班牙曾經有個港口，叫阿爾赫西拉斯。

從那邊坐船，不消兩小時就到摩洛哥。當然啦，現在你坐飛船不到十五分鐘。但以前那種顛簸浪漫，你們這些人真不懂。轉折間，我真搭船去了一趟摩洛哥，為了參加一個所謂駐村計劃——進行「壁畫設計」。

所謂「壁畫設計」，我到埠才發現，原來是為人家的豪宅廁所鋪磚，每人一間。倒不只是漆油漆那種，我們要弄的是馬賽克。動手以前，每人甚至要向主管報告你的題材、你的構圖、你的用色。我看眾人頭頭是道，慌亂之際當然也編了一個，號稱「傳統中國洗衣婦之春光乍洩」，主管喜歡得不得了。

而布置廁所的待遇，是一張單人床，和每個月一些零用錢。一大早我就與其他同樣被騙來的「藝術家」埋頭苦幹，把石頭打碎再打碎——吵翻天！有時候的確很嗨，那快感來自於，我們獲授權破壞。

「你那邊砸得怎麼樣？」

「差不多，再爛個二十趴。」

彷彿我們真的，真的很專業。砸爛以後，惡夢倒來了，每人被逼要面對一片自己造出來的廢墟。灰頭土臉少不免，還要試圖在廢墟中將混亂重組：揑出什麼意義、什麼畫面、一點什麼意象。

你說那堆是垃圾嗎？把它放那邊，它就是垃圾。

在塵土飛揚的外頭休息時聊天，阿森堡說他是畫家、蘭斯是作家、珊蒂電影導演。每個人看起來自信滿滿對自己的身分堅定不移，害我慚愧不已。不過每當有機會見識他們大作，我大都張開嘴呆若木雞：深深領會這世界運作之神妙。

大抵人在異地，誰都可以搞些招搖撞騙——為自己造一個新的身分，新的名字。你不相信言靈嗎？就塑一個面目模糊的雕像，直到輪廓清晰。

有時候遠遠看著蘭斯，他左手一杯摩洛哥咖啡，右手一根菸，滿意而悠哉地欣賞前方一片舒泰的風景——差那麼一點，我就以為他大畫家亨利・馬蒂斯，法國大教堂正中央，即席揮毫。實際上，我們還在廁所，我們還在倒楣的廁所！

如今壁上有幾位黃色婦女在泛藍的河堤前蹲著，手洗內衣。對於那漸層的顏色效果，我頗感滿意。藍綠河水活靈活現不枉我費盡心思。洗衣婦背後，是一片生氣勃勃的樹林，唯一留白的空間，打算加一隻老虎。

「那些奶子看起來還差點什麼？」背後突然出現阿森堡的聲音。

我說阿森你真不懂，那個我想留待最後，點睛。

、

從廁所一個轉身，我推開門——直入一個又一個昏暗房間，廉價精油味充斥。喇叭全天候播放大自然歌單：瀑布流水潺潺，和著男人興奮的呻吟。有時給他加快，有時特別溫柔，有時出乎意料地粗暴。

一個房間換一個房間，一塊肉換另外一塊。當時我為自己改了一個綽號，在「阿美的按摩店」此刻，我叫Tracy。

畢業以來，我沒想過自己人生會如此一百八十度逆轉。自那天收到餐館小妮的訊息，邀我去替她的優差，開出讓我目瞪口呆的條件——我立馬走過去我所屬的廁所三〇四黃色婦女奶子那邊，進行最後的點睛儀式，向摩洛哥告別。就在我推開那道貼滿紅色春聯大門那剎那——我開始我不見天日的生活。天天捏著揉著，都是臭男人的肥肉。

這果然是份優差。小費加上時薪，存下來我前所未有地富有。一開始叫 **Tracy** 的我只負責熱毛巾、按腳，過幾天開始精油按摩。一個禮拜下來，我連半套都做。

多毛的白毛的瘦的肥的皺的。其實半套根本無人能教。每個人膽粗粗都直接來，原始直覺。豁出去以後，作為 **Tracy** 的我居然大受歡迎。這我才發現原來自己非常了得、天姿聰慧。每個男人衝進門以後都爭相點我，六號，我要六號。

在暗房與暗房之間來來回，漸漸地我發現自己真像個四處巡遊的表演者，我的武器我的手、我的口。我把我的樂器拋諸腦後。有個穿西裝的年輕上班族，午休時間連飯不吃都要來，卻不敢開口。躺下來按他手臂兩下卻硬了，但錢方面我都先收。或許這世界每門子的事都熟能生巧，慢慢地在半套這方面，我發展出一套風格。

風格宗旨之一：不屑配合對方節奏。太容易得到的東西，人類就是不珍惜。他們想到，我偏不讓他們到。他們喊快點快點快點我就刻意慢、超慢、極慢。讓他們表情猙獰。讓他們慾求更多，更多，甚至求我，看著我，給我飢餓又不知所措的眼神。快要射我就戛然而止。抓緊時機，我甚至會狠狠地痛罵他們一番，像訓導老師對沒交作業的同學進行無盡輕蔑與侮辱。罵他們的性器官，再罵他們無能。罵他們環繞上半身的肥肉，罵他們不思長進。我只用單字，命令式。比起隔壁賣柔情的「骨妹」，對著我就連五十歲的男人都立馬回春、眼神天真、極端無助，整個人的精神狀態凝固在那根脆弱兼被我掌控的肥肉上——射出來以後，甚至深情對我說愛我、真愛我。大塊頭男人過幾天又跑來，喊著要Tracy Tracy。就不過耍些花招，犯賤者眾就低頭乞憐起來！

傾聽遠方流水、鳥鳴、海浪，一時恍神，我甚至以為自己在什麼亞熱帶。這份工作我完全得心應手如來神掌，活動自如好比女王。我感覺自己在撫平皺摺，在馴一隻一隻兇猛野獸，搞不好離世界和平又邁進一大步。客人都躁動地從大門來，帶一顆平靜感恩的心離開。有時目擊他們身體繃緊微微抽搐，嘴巴張開——我偏要慢、極慢、超慢，不由自主西班牙那吹低音號的霍斯就閃過我腦海：

其時站在那，我們集體僵在高潮的門前，歇斯底里。

∧

一九八〇年代末，日本出現過一遭泡沫經濟大爆發。日經平均股價從最高點三萬八跌破兩萬。許許多多跨國企業不是全面撤退，就大量負債。唯獨一個零售商品，業績不跌還節節上升。經濟愈是不景氣——原來口紅商品，愈賣愈好。顏色從鮮紅的偏橘的水潤的暗紅的，百貨中百客。不論品牌，眾顏色通常是鮮紅穩居榜首，賣最好。

你能想像一種愈是頹靡，愈要美麗的意志嗎？

就在奶泡泡沫滿到快溢出來的時代，一部本土動漫，《美少女戰士》空降日本電視台。神奇就神奇在，它不過在一本少女漫畫雜誌連載數週，東映動畫株式會社就急著要把它版權全數買下。自此以後，《美少女戰士》崛起於每家每戶的電視螢幕風靡全日，連帶周邊商品：水手服變身器化妝品抑或商標玩具，再版又再版。《美少女戰士》一如紅唇一如強心針，無論月野兔、天王遙抑或水野亞美，只要緊握手上的變身盒，勇敢喊出自己的口號，就能召喚外太空銀河系為自己注入魔法，對抗這一整個世界的黑暗帝國。這幾乎成為一種精神信仰。

如果因為動漫，小男孩患上征服世界的超人病。光譜另一端，或那之間的每顆少女心，通通湧了過去反光的螢幕前——雙眼發亮地崇拜美少女的神奇力量。一秒前，螢幕上的她們還是跟自己一樣的女學生。下一秒鐘，已化身拯救世界的無敵女戰士。這幾乎成為一種精神信仰。

我從口袋拿出我的粉紅色變身器，放掌心，跟酒窩牆上的小小兔投影比對著：「月亮三稜鏡力量，變身！」

其實我真的應該交給她。我應該送給她才對，但我沒有。

收回口袋。豐盛的晚餐，一下子清光光。抹走唇上的油光甚至打了個飽嗝。「你食量真好，」阿Dee虧我。喝了酒還有點輕飄飄。把一袋兩袋牽到後台，我要準備上妝了。

∧

很多時候，我們不該低估這世界徘徊於背景的音頻作用。

隱約之間冥冥中，看不見的音波，已對我們生命構成關鍵影響。青春期熱播的流行情歌，還沒初戀已患得患失。某部宇宙爛片，莫名其妙淚流滿臉。或談了個不該談的戀愛、買了雙根本不搭的鞋子、簽了不該簽的合同、一不小心酒吧出軌，全因「意亂情迷」嗎？那家時裝店走進去以後不知何故，總是自我感覺良好，購物慾荷爾蒙俱高漲高高漲，節奏明亮。

「阿美的按摩店」——要不是它在第三個月突如其來，硬把大自然森林歌單整個換成賀年串燒，喜氣洋洋，本來，我可能真會在那邊多待一陣子、幾個月，搞不好一輩子。那粗暴的改變，讓我整個人從迷霧中驚醒，當頭棒喝。忽然，我在半套中完全亂了拍，與客人的權力關係全然顛倒，女王架勢一不小心被識破以至，再也挽回不來。於是，我撿回我自己。

在家裡重整腳步，一時停滯，我只好回頭找我的舊情人找樂子。雖然沒跟我的吉他相處好一會，感情沒因此生疏，反而那別離的張力累積得深沉，一發不可收拾。我們重新熱戀。我奪回我背景音樂的主導權，以致再得到一次發聲機會。雖然表演場地，可說是爛地一塊。

鐵絲網圍著就算一個空間，裡頭放貨櫃。從外面進來，幾塊木板搭地上就成所謂的入口動線。表演將於八點開場，我早在兩點到達，準備排演。其中綠色那貨櫃屋頂我爬上去，甚至有木頭沙發讓你眺望遠方——發光的列車一卡一卡前進，正對面，十層高大樓窗邊放滿賓士。

離開場還有四小時，可惜我已嘴巴乾渴心律不整，正遭逢我最熟悉不過的舞台恐慌，呼吸困難。幹嘛呢？可否逃跑？表演期限逼近如同最後審判。我幻想台下一雙一雙目擊我的眼睛將如同美杜莎將我石化：把我從主體，凝為客體。

其實我想表演的難處就在於，很多時候，你不僅想誠實當你自己，還奢想全世界愛你。

後來我到處遛達，一路掙扎到底要不要跳上下一班列車，逃離現場。正當我在一家戶外披薩快餐店的直立式桌子靠著，等待餐點，一個頗有印象的亞洲男生煞有介事走了過來，八吋加勒比海口味披薩，也粗暴擲到桌上。

一身橘色籃球球衣、腳踢膠拖，他傻傻看著我。我試圖進行我的盲人翻牌遊戲——瞇著眼，右下角第三張揭開：

橄欖家的日本男，小村！

半年過去，我從沒想過有天在柏林跟他重遇。方才他甚至看過我彩排。一種他鄉遇故知的恍惚，讓我一時忘掉先前的舞台緊張。

「所以，等下你會變裝喔？」

變裝？會吧？也稍微洗個臉，化個妝，擦一下臉上的油光啦⋯⋯我說，那你呢？

「我，我會穿泳衣呀。」

∧

在後台我先瞥見，是小村的銀色行李箱。他把他的道具一個一個掏出，洗臉後拿著刮鬍刀，逐吋逐吋，貼近唇上刮得小心翼翼。坐在休息區的沙發，我邊喝讓自己鎮靜下來的熱紅茶，邊驚嘆面前這美好人體。記得去湖邊，小村只會在草地上曬太陽，如今卻赤裸，在我面前脫光光。真是又白又年輕的身體啊我大喊。往他專屬的銀色行李箱探頭挖一直挖，直至掏出一雙水瑩彈跳的乳膠胸部——小村把它們晃到我眼前，如同一雙不合比例的大漫畫眼。他一路笑一路玩弄那雙乳，終捨得將它們貼上胸前。奶子大大隆起，雞雞藏起來——他終把他的連身泳衣與網襪穿上。先前吃披薩，其實我心裡想，還以為是泳褲。厚重的遮瑕膏一坨一坨蓋到臉上，讓他的臉還原純淨、純白，連眉毛也消失眼前。在此以後他重新繪上他想要的樣子：古銅色、珍珠眼影、紅眼線、兩條細長如Nike標誌一般的眉毛。當3D假睫毛黏上，我見證一幅平面油畫化身立體妖豔裝置。小村塗上紅唇，猶如簽下署名。

並置鏡子前方，我如同路人，他是我的大明星。

「最重要的儀式來了，看著我。」

他把他的橘色假髮套上，露出潔白牙齒，洋洋得意。上台以後，她是變裝皇后「電音水蘭花」。

三小時前那位還穿著膠拖鞋的男生在三小時後徹底變了另一個人、皮換了，以掩眼法還換了個性別。當卡通片主題曲一般的電音前奏出場，「電音水蘭花」一身寶藍色泳衣憑空降落地球，頭頂著大捲的橘髮，腳踢三吋高跟，聲線升了八度。

舞台中央，她在一片高潮的人前，撒一道道符咒操控台下每一雙眼睛。

變裝皇后從後台走出來經已發生七十二變，從他本來的肉身分離。我佩服得五體投地。可能是假髮給予她另一個生命？高跟賦予她高度？轉換性別准許她自由，本來的肉身一刻懸置。然後我不禁想，那麼我呢？

你只需知道我幾乎哭著下台，短跑速度衝去廁所，心裡面想著趕緊離開，趕快離開。我好應該回家，好好歹歹再找份工作吧！

幸好繼我以後，奈奈上場。

單人匹馬，她輕飄飄上台居然沒帶一件樂器。口袋掏出她的手機，彷彿那就是她準備好的一切。只是一切都不是音樂，無關音樂。她一張開口即擁有全世界，這無庸置疑。其時我甚至聽不懂她到底在絮絮叨叨個什麼來著——奈奈天生懂得在一首歌的空間，從最高拉到最低，咆哮以後又呻吟又碎碎，調逗所有人的內在張力鬆開，又拉緊。聚光燈把她人生整個孤獨放大又膨脹，影子長又長。我時時覺得那樣子的演出，根本以死一搏。把自己整個生命體掏心掏肺掏出來，不過就在一群，其實萍水相逢的陌生人面前，值得嗎？

掏出來以後如何撈回，又是否撈得回，我並不知道。其時我甚至懷疑，奈奈那樣子的表演，是否真耐得住時間。還是那會耗盡她所有，直至枯萎。

表演告終我在後台整理我自己、效果器、混亂一團的導線。抬頭就見奈奈，她雙眼發亮對我說：「我好喜歡你這盒子！」

粉紅色的美少女變身器。中間有顆閃亮亮的心，上面三顆分別綠色、粉紅色、藍色的寶石。我只是用它放撥片。

「如果妳想變身，我可以先借妳呀！」

事到如今，偶爾我還是會想起。假如當初我有跟妳說這麼一句話，能讓妳逃過一死嗎？也許我甚至可教妳：「月亮三稜鏡力量，變身！」外太空銀河系力量會撲向妳，N次元時空會引導妳，教妳對抗一整個世界的幽暗，或僅把妳輕易暴露於人前的幽暗反射反射再反射走。

我甚至懷疑，會不會是我，讓妳錯過人生一次很重要的變身時機？

最後看見的「電音水蘭花」，已從她的橘色假髮，還原回他的橘色籃球球衣，牽著那完全不搭的行政人員行李箱，卸了妝、脫掉假髮、穿回他的膠拖。離開以前，他緊緊抱了我很久。小村，他以低八度跟我說再見。

我知道我今天擁有的一切，全是他們每一個教我的。

^

今天，到我上台了。我戴上我的金黃法拉頭，穿上我的禮服與高跟，踏上粉紅色舞台。口袋裡，有屬於我的美少女變身器。不過，我一點也不想當美少女。如果要我表演，我只想徹底變成另外一個人。因為那樣子，我才有下台的機會。踏上去以後，我再也不是我：開幕吧。

來吧，各位。跟我一起念：

「茄子，切茄子。茄子，切茄子。

那鞋子，穿鞋子。

鞋子，穿鞋子。

那截止，快截止，截止，快截止。

先歇著，就歇著。歇著。就歇著。」

全場哄堂大笑，每個人期待我怎樣把自己弄髒、壓平、自我嘲諷直到他們滿意。不過他們滿不滿意，我一點也不在乎。踏上舞台就只有肆無忌憚。惟有肆無忌憚——讓我打開世間一切潛在可能性。

大家好，我叫金黃法拉。今年四十六歲，諧星。

∧

「你們知道人的細胞是七年更新一次嗎？

哈，所以說，我從來都不跟老朋友打招呼的——

因為你不是你，我也不是我了。」

「欸，你是誰呀？」

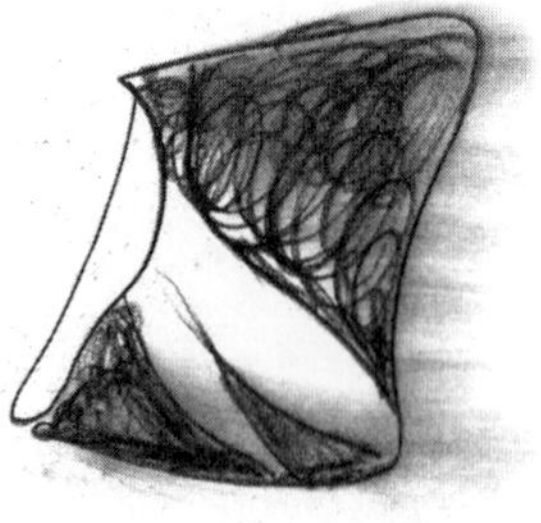

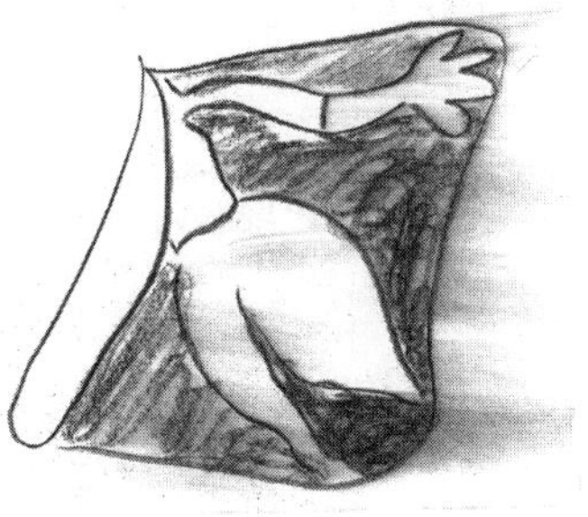

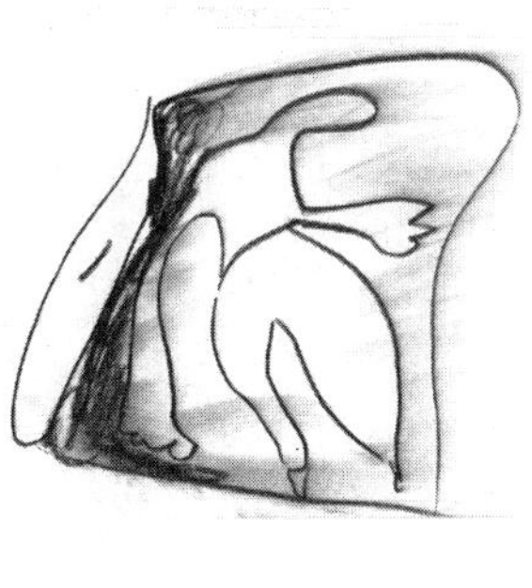

山水畫／handscape

0

她把五根手指往洞——攀爬浮移，形成一座一座蠕動的山脈：成弧狀，成波浪，成——

她把五根指頭往內部不斷不斷翻爬，以手背撥開那閃銀色的拉鏈一如闖開路軌，垂直地，直抵地底——形成一座一座高高低低、蠕動著的山脈：成弧狀、成波浪、那陰影、那光明、那流動的綠色小徑。多想研究你骨骼走線硬硬地從第三關節往前、到第二、那之間、那中間、那末端、那開頭——那開頭是怎樣形成的？

我看不清那裡面放的是什麼。一支筆？一把尺？一支塗改帶？你找到了嗎？

She's fingering a pencil case.

I wish to be that pencil case.

然後是食指。她把食指橫躺雙唇以前，門牙前面有時下面。中指以下托著下巴——不，我在意的是食指因此回到食指，食指。我看不見門牙但幾乎聽得見那咬下去的聲音黏稠，第二關節骨頭在動。

她正在咬她食指。她在詮釋，她骨頭周邊的肉。

I don't write with a pen, I write with hormones.

你腿上漫畫方格一樣的分鏡，像真度高得以為是印上去的紋身貼紙。但那是你用墨水筆手繪，一格一格，肉紙黑字。然後？然後我從背後抱著你在床，手扶在你腰際。當指頭低垂，甲片快陷進你肉裡，第三關節就抬頭，往你的白色T恤叩門，無聲。當指尖抬頭，二三關節壓得扁扁平平。我亦步亦趨貼近你的肉色爬行，貼近你的肉，拿捏指身平衡：一切都是關於平衡。貼近你的肉色爬行，我小心翼翼好比幼稚園下課那些明亮的午後彎著腰蜷著身，沿著彩色水管往前爬、往前爬。要穿越水管，頭要垂得低低，有時候整個趴下來，蠕動一如毛毛蟲。前面孩子窸窸窣窣的綠色風衣細細碎碎，夾雜塑膠、體液、汗水。你期待、有所懼，雙手只管往前爬，往前爬。要穿越彎彎曲曲的鮮艷水管，等下才有滑梯可溜：咻——我滑下來的時候看著媽媽，覺得天下間沒有更快樂的事。巴不得家裡就有一條滑梯，從睡房直抵客廳、直抵草地。一條彎彎曲曲、彎彎曲曲的直路。坐在公園長凳上的媽媽看著我就喊：「你這開心果，以後叫你開心果。」我張開嘴巴笑起來，風從空溜溜的門牙洞穿越我身體。喜歡開心果這名字，我想著，轉身又頭也不回，再爬一次，樂此不疲。伸進你的白色T恤往裡面滑，我就想起那些彩色水管、橘色滑梯，幾乎要到達高高低低的弧狀、那波浪、那——

「我有男朋友。」

「嗯，我也是。」

1

今天我一直在照鏡子。不知為何會以為：看見自己，可讓我看得見你。認識你第一個晚上，我在家裡惴惴不安：喝水、上廁所、一直喝水、上廁所。前所未有地匱乏，從未如此匱乏過。

想拒絕崇拜，因崇拜大大地匱乏我。想殺死一切偶像、幻象、大笨象。我是自身的大笨象：命我強悍的鼻子橫掃四面八方東南西北之屏障，保留距離地、保持尊嚴地，不卑躬屈膝地。

認識你第一個晚上，趕在傢俱店尚未關門以前，我跑出門欲尋找一塊全身鏡。木頭框，紙皮打包，手提。從店面走路到地鐵站再搭車回家，列車開進來以前玻璃門反光我看得見我和我可笑的鏡。

它現在就立在我地毯，靠牆像多了一個家庭成員。我不會再不知道我當天穿怎麼樣，因為我必須知道。配好口紅的顏色，時時刻刻我看鏡子、微笑、朗誦、想你。鏡子會模擬：我的形狀、我的靈魂。我不該一直看吧？吸進去。

今天，我一直照我的鏡子。抱一窩暖烘烘香噴噴剛洗淨的衣，放床上，挑選，一件一件，想像你愛的模樣。西裝外套配米色寬褲之一種性別中置？黑肉色相間的大針線棉衣，塞進白色褲子。白襯衫裡面穿透出來但不銳利的栗色胸圍，上排空幾格剛好停在胸前，下面扣滿。你一格一格拆開，目擊我——比你年輕的身體、比你白皙好幾度的身體、一具渴望你的身體。我還戴上前度的戒子。純銀鏈串起來晃在脖子前勢要你詮釋這圈圈的意指。命你猜測、幻想，種種占有我的可能，以及從他人手上剝奪我的權利。命你眼神停留在我的脖子，我的圈圈，作為我對你那不知名手鏈，之一下反擊。

2

在無數次我想像過那不同情境不同體位不間斷的，親熱俱發生以後那以時速每小時幾十次，一天醒著閒著三萬六千次直撞過來的吻俱幻想完畢，在我差不多消弭完八成可想像的吻以後——我終吻到你，在夢境。

每天我還是睡個十數小時。今天十二點半醒來，單人床，一直到一點多才離開床鋪。認真數算過，我連續幻想你起碼七次，不同位置。一醒來我就想你。一張開眼睛我就想你，糟糕。

反覆輸入你名字。誰要是打開我電腦把搜索記錄全列印出來一張一張，你們定會罵我：瘋子！

So you googled me? I google you every fucking single day.

3

在你面前我知道我全是假冒。你那麼愛論述那麼愛推論那麼會歸納。你知道這些我都不會，我甚至在一句話語裡迷路，主詞以後忘記受詞。幾十雙眼睛全看著我，沒方向燈。我也只好說：我傾向意象。跳躍。中斷。一個。下一個。十個。回來太陽三個。腸粉甜醬花生醬灑滿，沒情理可言。只期望我不談邏輯到極致，叫你無效。

然後你或許抬頭，欲求以你最大的聰明，解構我。無稽得要你剖釋。破碎得，你得撿起。

4

頭髮撥起的時候你耳垂的肉。你不斷把頭髮撥起又垂下，縛起來又放。

5

無形的棋盤。圓桌，你我剛好直徑兩邊，走一圈除以3.14。席間沒餐飲沒菜單有的只有零落紙張，擱上去的手，看不見的音波往來。雙唇張張合合搭配舌頭吞吐伸縮，豎起來的頭顱各自各釋出理論、符號、音波，以語言揉搓、潤飾、高漲或虛張聲勢、表達是其次混淆是重點，重點是混淆視聽。是否每個人都在虛張聲勢、一派胡言。但這些其實我不很在意。

無形的棋盤，圓桌。你我剛好在直徑兩邊。耳兩邊混沌穿梭的是。我只在意我在捉棋，和你。席間沒棋盤沒棋子，我希望沒觀眾。

兩秒。一秒。有時你半秒就閃開。再三秒。五秒——七秒。

七秒的絕對注視：我游進你眼底。把上衣脫掉。把褲頭鬆開。我穿著內衣走進你湖底。我沿著直徑踩著草皮一路走過去，用力閉氣準備把自己投擲湖底，非湖底不可。強烈七秒鐘的注視你一點也沒迴避，我差不多要到你那邊，數到第八秒路上怪風來襲我反彈再反彈回返原地。曝光過度，殘影在你臉上恍。視網膜還記住那驚鴻一瞥，我被吐回圓桌。但你我清楚明瞭那七秒鐘發生過什麼。我確切穿過你眼底，而你同樣。

6

壞掉的手錶剛好卡在對的時間。我一個人的扮裝派對。為你度身訂造的扮裝派對。在每個曝露的平台，在每個曝露的平台我為你曝露。

「所有的人都以別人看自己的樣子來看自己為滿足。」[13]

「別人是具有目光、具有眼神的。」[14]

我想像你按進來，以手指頭的溫度觸碰按進來，偷偷看我。或許你會以拇指彈跳快速鍵入我的名字，按進來。加入我的扮裝派對。我公開於所有人惟為你度身訂造的扮裝派對。或許你甚至開了一個假帳號？你偽裝成別的身分，遠遠地，觀看我。

不止於七秒鐘，很可能不止於七秒。你眼光停佇在我凝固的瞬間，我的脖子、我的手臂。你看我，你看我以停佇的目光回看你，眨也不眨。你以中指與食指把我的臉張開，你以分叉的手指把我的臉打開，放大再放大。

「他們也許都正各自分神著。」[15]

13 引自松浪信三郎《存在主義》。

14 同前註。

15 同前註。

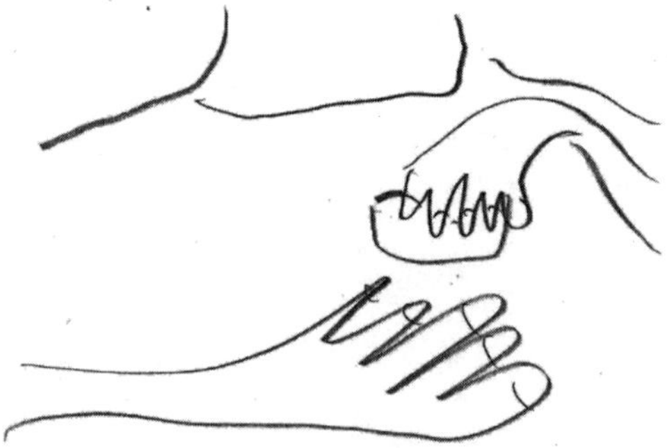

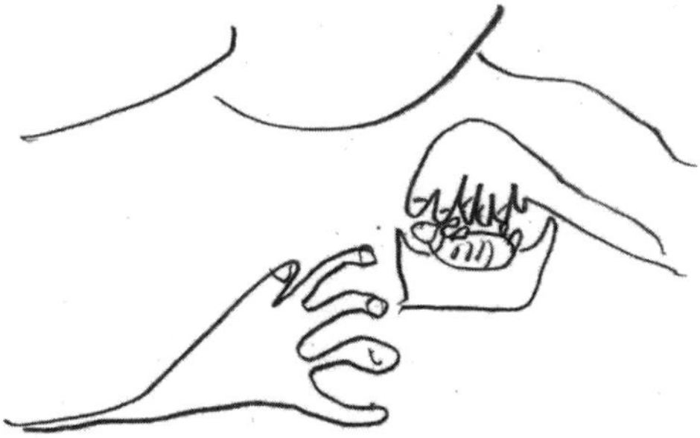

露天茶座

「啊，真要命的晚上。」

狄克錯愕地瞄一下，身旁這位露天茶座明明座位很多，偏要跟他併桌的女子。他點點頭，隨聲和應道：

「對，昨夜的確瘋狂。」

明顯是看她身材不錯？

狄克無意識自動點開了評頭品足模式：這女人應該不只豔麗，是容光煥發。看來二十出頭、畢業沒幾年，還帶點青澀。眼球細細品嚐——嗯嗯，稚嫩又幾分挑逗，自信但還在摸索；躍躍欲試，又藏不住洋洋得意。就連把咖啡杯迎到唇邊要喝不喝，眼角都非勾住你不可，才若有所思地，吞下去、咕嚕。

「妳看起來很眼熟。」

女子突然一聲爆炸前仆後仰地大笑起來，咖啡杯誇張大動作地放回盤子上，濺出幾滴。

「好爛的開場白！下一句該不會，嗯，妳常來？」

狄克覺得傻眼，明明就是妳先來搭話？他從口袋裡找菸，發現口袋根本沒菸。

冷靜下來的女子鈴鈴啷啷，從長銀鏈那種黑色皮包包抽出菸盒，開口朝著狄克、眼神期待：

「昨晚Tüss有阿拉伯趴，放歌的DJ我很喜歡。他總是—很抓得住我的節奏。」

噢節奏，哪種節奏？

狄克頗為低級地笑了一聲，發現頭皮蓋裂掉要殺死他一樣痛。

「你想得到的『各種』節奏。」

女子積極補充，提到「各種」，語速放慢。

狄克看著自己從菸盒抽出來那一根，黑黑的，愣在手上良久。嗯？朱古力手指餅？

「你呢？昨晚怎麼樣？」

根據女子的描述，昨夜大概是哥多林區又一派對週末。子夜十二點門大開，卻總要兩三點人潮才散漫湧進。人們從家裡慢條斯理洗個澡、換套不經意的武裝，盡不能太造作。重點，重點是香噴噴進場。女子口中的Tüss是個混雜沒譜的叢林——廉價霓虹藏樹影婆娑間逼迫植物廿四小時光合作用——有足夠隱私埋伏、上彈、攻擊。為怕進場被拒，長相乖巧的男男女不惜在臉上狂撒金粉，讓自己看起來比較「好玩」。

狄克腦中閃過地上那一捲捲半途而廢的繩子，接著說：

「現在都不敢去Tüss那邊擠來擠去啦，我老了。」

女子左手托著半邊臉。現在她毫無顧忌、帶有相當力度地，緊盯狄克，害他有點害羞。

「我想我喜歡老的。」

說完她自己又大笑起來，發現開心過頭，又快快收斂、口紅唇舔了一下。狄克不知為何想到從前跟珊蒂養的貓咪阿哉，舌頭伸出來舔水的樣子。笑與不笑之間的臉部表情，就算放大一百倍，都看不見一條皺紋。狄克想，「討人厭的青春。」

她的身體忽然往前傾——狄克不是有意但還是瞥得見她絲質背心裡頭的胸罩邊，包裹著彈跳的肉造生命體。腦中還浮現起羅拔臣啫喱[16]廣告歌，不是啫喱杯，是倒垂的、三角形、微晃。她往桌上的菸盒子裡面掏，抽出一根朱古力。

「昨晚我在我朋友的花生Bar，後面三街那邊。」

那一圈圈半途而廢的繩子還散落一地，他又想起來。頭又痛了，媽的。

事實上，今天是狄克這禮拜第一次神聖出門。如果酒保也算朋友，那的確是家朋友的店。偶爾他會一個人去，剝花生、喝生啤。只是最近他連去也沒去。

「通常我都在那邊晃，不然就**enFLanger**，如果剛好有表演。但音響那邊太吵了，聊不了天。」

龐克音樂，昨晚的確放很大。不過是在他獨居的公寓，號碼四〇七。狄克丁點沒在鳥鄰居在門外狂敲管他小聲點。事實上也不知道是他製造出來的聲浪比較難以忍耐、還是龐克音樂、還是他自己？就連他本人也覺得本人實在無法忍耐：**what a pity piece of shit**。凌晨三點鐘絕對不是審視自己人生的好時機，不過有時就是一發不可收拾。他對門外投訴他的鄰居漸漸感同身受，巴不得立馬轉移陣線、控訴自己（如果可以）。狄克跟著高帝主唱咆吼，大吼大叫，猴子一樣叫。想著他當年也不過吞槍自殺，死路一條。

「那你什麼時候帶我去？」

說罷，女子又抽出一根朱古力手指，避免弄髒唇色那種吃法，咬一半整根放嘴裡咬。沒有菸絲燃燒，只有朱古力碎、引來白鴿。在他狂吼以後，狄克門外的敲門聲戛然而止。要不覺得這瘋子沒救，就是怕他奪門而出，準備斬人。

「要是妳的話，直接帶回家好了。」

狄克對自己的厚顏無恥稍微吃驚，好噁心，又抽一根朱古力。

「那邊太吵了，」他簡直掩耳盜鈴。

狄克幾乎把家裡所有的抽屜櫃全翻了出來。從電視機下的雲石臺、阿公留下來的古董茶几、廁所儲物櫃、就連床底下放冬天衣的紙箱、衣櫃放襪子放底褲那每一格也不放過——

我不過想找條繩子。

狄克清楚記得他曾經擁有過，家裡某角落。他明明記得他擁有過一條。棕色還綠色？童軍繩？曾幾何時跟同事攀岩買的。了不起的繩子，末端有完美的收口，尚未出發已有模有樣。如果要死，他覺得他必須找到那條繩子。

如果要死，就今晚。

主唱高帝吞槍自殺，他家裡沒槍。阿萊在自己的跑車一氧化碳中毒死，狄克連中古車也賣掉。艾生從天台一躍而下一了百了，他家頂多五樓！狄克不想死得那麼慘那麼醜。他不過想找條喜歡的繩子，好好死一死。

「但我才不是派對剛開始就急著要回家的角色。你不喜歡跳舞嗎？」

無視於咖啡廳歌單，她完全不符合節拍地跳起舞來，雙手握拳舉在胸前很肉緊的樣子，還閉上眼。手碗上的水晶鏈啷啷啷。突兀動作連隔壁桌也看過來。我喜歡跳舞嗎？狄克記不得自己多久沒碰過活生生的肉體，除了公車上，或許，被逼和陌生人擠在一起——何況跳舞？

「不喜歡跳舞？我一代舞王耶。要跳的話起碼從舞池跳到沙發跳到廁所跳到天台？」

他的確一個人有跳了一下下，在房間，四〇七。當重金屬的吉他前奏出現——搖頭晃腦讓長髮一直摔到前方那種跳法——整個人的重心放在頭頂狂摔頭那樣子那樣子很快讓自己暈眩的跳法。

「廁所怎麼跳？」

「就馬猛跳、單腳跳、原地跳、跳跳虎一樣跳。」

狄克就在房間裡走來走去，一度還滑稽地抱著幾圈無補於事的磁帶。是的，從學生時期收藏至今，他珍而重之的寶貝卡帶。情急又胡塗下，狄克一手插進捲軸掏出條條盤根錯落，空氣中劃出細細波浪。他不靈活的手指被靜電糾纏好一陣子方才擺脫——就在那狼狽的瞬間，冰箱靠牆那邊，他好像發現了一條繩子。

「我們跳到累了就去河邊。我會找到全世界最光滑的一塊石頭，讓妳當靠枕靠著、靠到天亮。識趣的DJ應該會隨日出放點明亮的晨曲呀，我們在草地上滾來滾去滾來滾去，希望不會就此吐出來！」

卡帶狠狠餵進垃圾筒以後他幾乎整個人趴下來，手臂伸進那風塵僕僕的縫隙。總算抓到繩子的末端，像貓咪咬到老鼠尾巴般興奮。狄克一手抽出——這、桃紅色緞帶？他一一回想起老媽寄來的包裹、珊蒂的生日蛋糕盒，還是啥？

塵埃甩走以後，他把緞帶圍到脖子上，繞自己一圈。

「聽起來不賴？可惜昨晚的DJ哥哥都沒帶我去河邊。」

她發現菸盒裡的朱古力餅，只剩兩根。

「差不多天亮他拋下音樂不管，來到我面前。我們就走了。」

眉毛微微上揚。

緞子實在他媽的太短——狄克無可奈何地發現。脖子兩邊，左左右衡量著，看來打個結也才剛好。我必須再接個什麼夠長的，綁在外物上，狄克盤算。緞子兩端交叉，他閉上眼，仰頭，用力往脖子一扯——像從前跟珊蒂做愛，像從前雙手掐住她脖子，像從前我還能做愛，腦部開始充血——我還會做嗎？我還能做嗎？

「真可惜我不在。不然我絕對會搶先在他來以前，把妳帶走。」

狄克憤怒地鬆開手，地板上猛咳嗽。

我必須弄條像樣的繩子，就現在！

牆上的時鐘，早上快五點。

「我怕我會睡著耶，在河邊。」

狄克摸一摸自己的脖子，看著面前這位來路不明的女子。

「那我會讓妳睡的，咱一起睡。」

如今散落地上的收穫：幾條手機充電線、不長不短的鞋帶、一條發鏽單車鏈。床上散落幾捲針線看來毫無邏輯。紙袋硬拉出來的把手。東翻西翻以後堆在那邊還沒整理的ＣＤ。幾疊冬天衛衣和珊蒂留下來的遺物譬如說，網購回來的廉價情趣用品包括膠製手銬和已經沒在震的震蛋，一條很醜的紫色圍巾。垃圾筒還有可笑的磁帶再也發不出聲音。他脖子上，一條桃紅色緞帶。

要把這些組合起來？看起來實在荒唐。所以真要這把些組合起來嗎？他思索著：以上種種廢物的可能性、延展性、誰最有潛力。看著看著，天要亮了。

「當陽光太刺眼，我們慢慢睜開眼睛——街貓一樣醒過來。然後我們站起來，從最明亮那塊石頭站起來，走路，來到這裡。一整夜的舞曲教我們走著走著就是移動播放器，我們走著就是移動播放器！內置舞曲教我們在馬路上大跳特跳，跳過兩條斑馬線，來到這裡，就這裡了。」

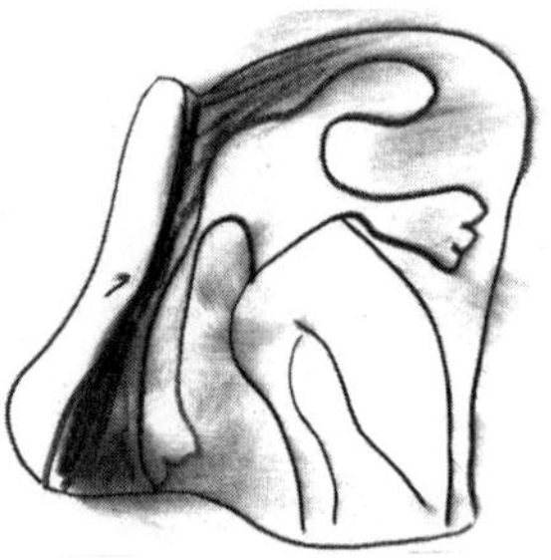

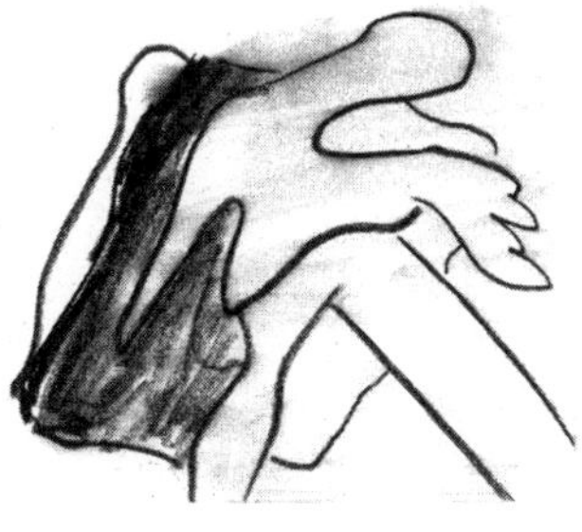

白噪音

1

密封。隔絕。自由被剝奪。一年之中算腦袋最清醒的日子，或說僅僅幾個小時，機艙的幽閉空間好比第一位。你安坐於你被安放的號碼、位置，未經同意不得隨意調動。身體壯碩一點甚至不容得你在椅子上左右亂晃。抬腿時小心，別一直撞到前方乘客的背除非你想被瞪。儘管舉步維艱呆呆的，被正前方眼花撩亂的輕觸式世界餵食。付了錢，飛翼就的的確確在前進沒錯。因此你安心，好安心。

五歲那年麥可第一次搭飛機就迷上。他愛坐著看美美的空姐為他遞上兒童餐，一口布甸與小玩具，且伸伸手就得到可樂。也喜歡看穿著白恤衫西褲，戴太陽眼鏡，看起來很瀟灑俐落的男機師在機場上經過。直至有次在電視節目看見豪華遊輪的旅遊特輯：玩世不恭的男主持在遊輪上打開一道一道鐵門穿過看海的酒店套房、金碧輝煌的賭場大廳、名牌購物店，然後鏡頭一轉，縱身投入游泳池與泳客濕身合照。麥可怔怔地被迷魂了一般，自此渴望一趟遊輪假期。

面對大海在游泳池裡游泳，到底是甚麼感覺？

2

就在與阿妮冷戰兩個月，感情愈發淡薄的第六年，他向女友提出了旅遊散心的建議。也不知道是責任還是義務，他想他是應該付出點力氣，表現挽回關係的決心。於是他向上司告了假。

世事不完全如所想，他和阿妮最終登上了一台不怎麼樣的遊輪——從墨爾本到塔斯曼尼亞，不到十小時的旅程，甚至訂不上套房。

吃過晚餐以後，阿妮甫入座即呼呼大睡。他們找不到任何靠牆靠窗的位置，麥可如坐針氈，孤零零在一排陌生乘客之間硬閉著眼睛。特別是入夜後船上氣溫急降，冷得他直發抖，又沒有空姐遞給他毛毯。

女友說在墨爾本觀光以外，還想去Bruny Island——看那個「一邊波濤洶湧、一邊風平浪靜」的海岸，還有小企鵝。他覺得可以，到埠後隨即租了一台車，在城市玩樂幾天以後啟程到下一站。

黃昏時間，他們緊隨其他旅客的車輛，一起排隊準備登上遊輪。日光之下麥可租來的白色老吉普車耀眼地爬上大橋，阿妮的長髮被海風吹到凌亂不堪，太陽眼鏡她從眼睛推到頭頂。反正很快，他們就會有點不見天日，進入陰暗的地下道，通往船上的停車場：潮濕。侷促。他心臟跳動乒乒乓乓，藏不住興奮。正當車輛從光明處緩緩開進幽暗的洞穴口，收音機正在播放的酷爵士頓變成沙沙沙沙沙沙沙沙——規律的白噪音，轟炸他耳朵。

「這鬼地方真比之前任何一個旅遊景點都有趣」，麥可在心裡暗忖，不敢跟阿妮說一句。

3

也不知道在座位上度過了多少個小時，一陣惡臭忽然逼近鼻孔。混合霉掉濕毛巾與草澀，野生動物園同時很多隻釋放體味的貂在泥濘上翻滾。一次沒預謀的空襲。麥可眼皮不停抖動，蝴蝶高速拍翼——他睜開眼：來自左方的乘客橫躺三張座椅伸展過來，一雙裹著襪子的臭腳！麥可垮掉的身體為之一振，他終於承受不來。何況，何況他經已掙扎了很久。

瞄一瞄身旁的女友，整個不醒人事。他決定自己上去喝杯酒。走進升降機以後摸摸胸前的口袋，怎麼空噹噹的？驚覺自己的錢包還留在車上。麥克的手指頭在空中猶疑不決，他決定賭一賭，按下B2的按鈕。

升降機屏息靜氣一動也不動直至他食指一下首肯，然後是平順的墜落。

「叮！」

4

麥可此刻才有點擔心，這下機械聲響會否來得太招搖？升降機門打開——只有微弱的藍綠光線來自牆上的逃生燈箱，還有一台五花八門的自動販賣機。踏出門外他感覺自己正是那位玩世不恭的男主持，一整架遊輪，正等待他穿過。

今天傍晚當他的吉普車正要入閘，穿水手短裙制服的遊輪職員曾特地警告他說：「船開了以後，停車場絕不開放喔。」他懷著半分戒心壓下入口的鐵門把手，心裡盤算一旦警報系統大鳴他是否就要詐傻扮懵——

「果然還真沒鎖。」

奇怪，他心裡想著。但茫茫車海，怎麼可能找得到自己的車子？「真的一點印象都沒有。」他按按褲袋裡的鑰匙：唧唧聲響。在，還在。

平常開車，他就常常犯著這老毛病——忘記自己的車子停在哪裡。有次按下防盜，B一聲感應了車子，望向四面八方還是找不著。不過麥可一般來說不會怎樣神色慌張，甚至有點認命，輕鬆在停車場裡頭跟自己的車子玩躲貓貓。找到了一刻，像中獎。

這裡的情況稍有不同：船艙空間有限，停泊時按照職員指示，跟其他乘客的車子擠得極近，只留下一條狹小的通道讓你僅僅開到門。停車場的面積，倒比記憶中要大。麥可漫無目的在空地上走著，走。

「嗯？是蒼蠅？」

一陣低沉，士士士士的音頻從遠處飄過來。雖說停車場迴音寬廣，且船上引擎聲混雜，身在其中，他還是能把聲音辨識。可能身在黯暗地底，又自覺犯罪，一切感官機關倏然大開。通道盡頭微微泛黃的反光處也引起了麥可注意。好比一隻深夜飢餓撲向街燈的生物，他不由自主吸了過去。愈接近光源，就愈接近音源。聽著聽著他感覺自己莫名其妙被撫慰，身體軟趴趴的——好想躲進溫暖的床鋪啊！抱濡濕的裸體，倒頭大睡。

卟一聲他又想起來：是小時候獨個兒在家中看電視，不小心調到的白噪音頻道嗎？一開始還慌張自己瘋狂轉台把電視機都搞砸，搞清楚狀況以後的小麥可，倒入定了一般——被螢幕上的黑白雜訊整個鎮懾。他以為全世界就只有自己的天線接收了來歷不明的訊息，正等待偉大麥可的解讀。小麥可從沙發上爬起來，沙沙沙沙的記憶好比白浪湧過來……

「真幽默，我現在就站在浪的中心。」

5

玻璃透明的工作室，正泛著淡淡黃光。麥可倒抽一口氣，害怕肌肉發達或配槍的警衛就快要衝過來銬上手扣。原來是之前沒為意的管理員空間——衣著端莊得幾近不合時宜的職員實在彷彿是瞎了，或完全進入放空、冥想狀態。麥可低著頭，幾乎隱形在他面前飄過，眼尾稍稍瞥見桌上一台老舊的手提式收音機，正平穩地釋放教人睡意綿綿的催眠音波。麥可真變得很睏，他現在只想入睡。吉普車，他沒有信心找得出來。

往升降機口一路前進，肩膀快要垮下來。他推開一道銀色的鐵門，比想像中還沉重個千倍。麥可幾乎掏盡他全身僅餘的力氣。然後音樂，真正人類廣義上的音樂震耳欲聾排山倒海地傾瀉過來，要轟炸他耳朵。

6

「什麼鬼東西？」

坦露了半個乳房的光頭女子正緊抓著一條纖細蠻腰，擁吻激烈地，看得見她圈形的乳環，搖搖蕩蕩。她倆的穿著似乎要參加什麼BDSM派對：窒息狗項圈、長刺黑皮革、反光網襪、綠唇。細腰那位長髮少女回頭拋下一波不懷好意的目光，彷彿被激怒，還是被挑釁，整隻手她滑進光頭女的裙底，動了一下。閃爍個不停的燈光讓麥可整個活起來，黑壓壓的這堆人每張臉都印有記號，唯獨他沒有。

從喇叭爆炸開來的派對音樂有夠詭異。乍聽之下，以為普通什麼德國電音？嘭嘭嘭嘭。冰冷。雪藏。工業化。無從得知是空間效應還是音樂本身，每下殘響之久，一拍黏著一拍。極粗糙乾裂的吉他聲又間隔地湧來，硬疊在電子鼓以上。麥可抬起頭剛好就與凹陷裡面、半圓形舞台上的男吉他手對上眼。他居然抱著一支古典木吉他。

一團頂著黑色高帽的人影在舞台前點燃兩根相融的紅白蠟燭，似乎要宣告何種神聖儀式。全世界的靈光都要被蠟燭吸走，吐在吉他手臉上。他背後，一落線條硬朗的影子，從他輪廓延展開來。雖身穿黑色恤衫正經得似個弗拉門戈伴奏手，胸口卻敞開幾顆鈕扣，看得見裡頭鬈鬈的毛髮蠢蠢欲動。頭髮油油濕瀝的，想必用髮蠟梳起過。他忙不迭踩下腳底的造音器，每一下，像更換一次空氣。有時是玻璃破碎，有時是手指甲在你房間的木門外用力地劃，用力地劃。最不可思議是當他張開口，那嘶嚎不太似人間——動物界暴烈的雄性，腥膻、赤道，從他喉嚨咆哮。也不是求偶或求救，聽起來根本是存在本身。麥可一步一步往凹陷的舞台靠近，被召喚過去。

7

除了他以外，沒有人流露出一絲驚嘆——倒是狂喜，被音樂制約的臉，隨處可見。半個奶頭依然露出的光頭女子此刻獨個兒在舞，眼神天真得可笑。

當吉他手踩下中間一顆發光的造音器，那 overdrive 的急促感，讓麥可聯想到一根充血的陽具。

DJ 把混音盤上的低音音軌緩緩推了下來，抽走了節拍。奇異的是每個人依然故我地跳著。麥可仔細端詳每張臉：看起來都快樂，快樂得像頭狗。

吉他手站起來走到舞台上一塊破爛的木板。此時麥可才發現他下身緊繃的漆皮褲，褲浪位置高高地隆起。一股不對勁的慾望推推著他——很想解開他的褲頭，硬拉下他的拉鏈，但掏出自己的雞巴。然後他們眼神又對上。吉他手摸摸自己的髮尾，麥可搞不清他嘴角有沒有笑了一下，那樣子很撩人。只確定他眼眶反映著蠟燭，讓他閃起某中世紀宗教——原來他要跳舞。

跳舞，而且是踢躂躂躂躂——

吉他手以不可置信的速度，不斷不斷，以腳跟狠狠摔踢地板——如同向世人宣告：我在、我在。腳尖輕巧地畫下圈形，而後滑行。爆炸性幾下假動作跌倒！踢躂躂躂躂、又意氣風發地站起來。整整十分鐘，他為自己的音樂獻出了整個有機體，腳掌腳側腳尖踩踩踏即是一套鼓機，為舞池斷電的脈搏重新注入生命。

最後幾秒鐘，麥可瞥見他的皮鞋鞋底閃閃發亮。好像有一塊鐵片，黏附他的腳。吉他手沒有一下鞠躬就轉身離開。

「就這樣？」

麥可呆呆地目擊一切莫名其妙地發生：從推開鐵門一霎間——沸點——又隨即殆盡。舞台燭光熄滅，兩根蠟軟趴趴混在一起。低音音軌推回來，而派對繼續。

光頭繼續晃動。

他的眼神緊追吉他手不放，又一次飛蛾撲火。麥可狼狽地推開一些壓過來的胸部、擠過來的屁股，靠過來的頭兒。他現在近乎用跑的——狂追著吉他手的背影。他不知道為什麼。

8

海浪一波一波湧過來，遊輪的低鳴引擎為背景下了一個蠻橫基調。聽覺一下子從大爆炸回歸平靜，嗡嗡嗡嗡作響。方才一段洗腦、高音的管風琴聲還喋喋不休，如何甩頭也甩不走。

吉他手把菸屁股摔到地上，單手就甩開他褲頭鈕扣。這感覺像甚麼呢？麥可腦海閃過自己熟練的手指頭一下鬆開女人的胸罩扣，啪！滑溜。

「叫我盧西安，」

他俐落扯下麥可的牛仔褲拉鏈，有點老土的Levis501。現在誰還會穿Levis?整條洗水藍褲給硬扯下來，從盤骨脫落到膝蓋。麥可的陽具早就硬起來，颶風關不起來的傘撐著、尷尬。但很快整個被包滿——潮濕。深邃。不見天日。

數年前麥可曾在杉原海灣滿天星星的夜空下全裸，浸泡在根本不算深的海水裡，面對面牽著一雙黑暗中驚恐得發抖的手，教她跳浪。「很多女生都不知道，其實男人最敏感的地方不是龜頭——是睪丸。」就在對方最脆弱的時刻，麥可邊說話、邊跳浪，甚至有點滔滔不絕。

當時的海風就像現在，打得他睪丸涼涼的。

麥可靠在甲板上急喘，手抓著盧西安頭上，被噴髮膠凝固到有點硬的髮。月光下一切都暗了幾度，包括盧西安的臉龐一半埋在陰影，直至整張壓過來。「這好刺，」麥可抓住盧西安不斷移動的手，摸指頭上的繭、硬巴巴，弦樂手獨有的繭。盧西安完全不予理會，舌頭往他嘴巴堵住。幾根手指頭靈巧地跳舞，又一下滑行、雄性炫技的吉他Solo。麥可嗅得見盧西安脖子上的古龍水夾雜汗，讓他一下暈眩——唇舌發麻。

盧的胸口敞開一圈一圈如同雀巢編織，一不小心讓人整個掉落。他們從甲板搞到廁格。麥可從橢圓形的窗戶看出去，感覺海浪一波一波急促——洶湧——風平浪靜——

9

太陽冒出頭的時候，復麥可還孤零零待在廁格地板，垂頭。脖子有點酸。手指呢？黏稠。橢圓形窗戶不知道啥時候換成長方——看得見岸邊了。他們的船，快要到埠。

麥可開著他的白色吉普車，隨職員指揮，緩緩地離開濕氣極重、陰暗的地下通道——重見光明。當車輛踏上塔斯曼尼亞的公路，他安穩地一邊開車，一邊撫摸女友下體捲捲的陰毛。

往後的幾個小時他在酒店房間狠狠地從後面幹了阿妮幾次——一次在廁所、一次在床上、一次靠著梳妝台。射出來的汁液，像白浪，黏在鏡子上垂垂滑落。又一次為愛而抽空耗竭，麥可軟趴趴地俯在阿妮的屁股上無能為力。

他的眼光落在她耳後，翻過來，一個似曾相識的記號。

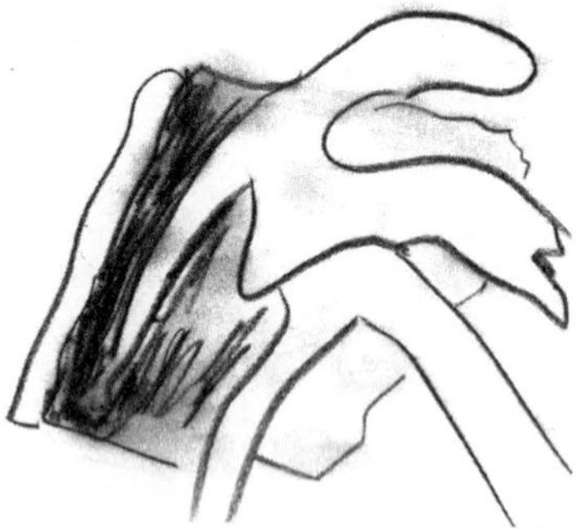

適度距離

「碰！」

「阿姚，你真煩。次次都要做攔路虎，我想好好摸隻牌唔得？」[17]

朦朧間，艾華好像聽見熟悉的麻雀碰撞。夢雖酣，但雀友的敲擊力度、桌面上的清脆迴聲，使他整個人從迷霧中驚醒。一覺醒來，怎麼身體彷彿與自我無關，四肢不受意志管轄：「我的眼睛——咦？怎麼我無法張開我的眼睛？」

「清一色對對，位位一二八！」

「唧，打多圈唔打啦。咁撚黑仔。」[18]

「不不——我的耳朵還在，我還聽得見。」艾華安慰自己。方才麻雀堆疊的鏗鏘言猶在耳，音效環迴而立體。「碰！」的那個是黃太、發牢騷系陳師奶、不斷發出「唧」「唧」不屑短音的是Jenny姨。當然，他不會認不出來，糊的是媽媽。稍稍令他困惑的是：自己仍躺在床上對吧？怎麼肌肉痠痛頭重重。特別是皮膚，好像隨時要剝落。

「今日禮拜六，華仔唔喺屋企？」[19]

「Yes!」假若此刻艾華體內仍有所謂心臟的存在，它一定興奮得跳舞。終於有人想起他了，艾華沾沾自喜。每次家裡有雀局，情非得已他破天荒打開門去屎尿，或肚子餓得逼於無奈去廚房找點吃的，總覺身後有雙灼熱的眼睛，對他細細打量：「哈！敢打賭她一定常在偷看！」

自小，艾華信奉人與人之間的適度距離甚至引以為傲，深信此乃維護個人魅力之不二法門。對於經營自我形象這一塊，他的堅持非同凡響且迂迴曲折：「大部分人嘛，我愈冷漠，他們愈好奇。」

如今他才想到：「對！只要有人把我找回來，不就好了？誰經過一下，幫幫忙帶我看個急診……我看不見。」艾華大叫起來：「媽，我喺到——」[20]他們不過一時在忙，「喂，我係阿華呀——」

大叫以後艾華的世界直冒汗。

「這，這什麼？」

試著再喊一聲，「媽——」結果呢：只見陣陣低音，「啞」「啞」作響，尾音稍稍飆高。怎麼會這樣?!艾華被房間裡頭的怪叫整個嚇呆，惟獨這些低頻律動，不能說是完全陌生，「對吧！始終由我親『口』發出，想必還有幾分熟悉感。」漆黑中，艾華努力不懈一試再試，「難道說，有人在我聲帶安裝了變音器？」說是卡通怪獸打心口用力嘶吼也不盡然。準確來說，近乎死物的聲響，諸如午夜，木製傢俬或縮細膨脹。「到底我什麼時候變這樣？」真不得而知。任憑他如何發聲也終告徒然，就連當事人自己，愈聽愈混亂。

「咪理佢！日日宅喺房，紅中！」[21] 只不過，他人的話語倒清晰可聞。

「哇阿姚你咁出牌都得？」[22]

假若艾華尚有所謂心臟的存在，此刻，它鐵定快休克斷線。

「媽媽她說什麼……」

心痛也來不及，雙腳又一陣痠——艾華冒起了拉筋的念頭，試著用手搥搥大腿。可惜得個想。對於要化念頭為行動，他力不從心，左右掙扎——「是誰把我綁起來啦！」

艾華徹底膠著、動彈不得，「還綁那麼牢！」無法伸展的雙腿依然很痠。一覺醒來瞎了啞了，現在還行動不便？開什麼玩笑！此驚人且為時已晚的發現，讓艾華忽然掛念起剛才唯一一位會關懷自己的 **Jenny** 姨。「到底我喺邊？我係邊個？」[23] 萬千個疑問充斥艾華頭腦，如果他還有。皮膚乾乾的，又想伸手去搔了。落入無解的苦困，他實在不想再靦靦腆腆，搞啥米適度距離。「只想要真正的擁抱。誰來抱抱我？愛愛我？」

「我錯了——能不能發誓我從此熱愛陽光、關懷大地，面朝大海？」

啞啞啞啞——

「放我出去！」

啞——

「阿姚，外賣到！」

「等等——入房拎多張凳。」[24]

此刻假若，艾華尚存所謂呼吸系統，喘氣聲勢必洶湧。他心跳啪啦啪啦啪。前方有道強烈曙光，儘管肉眼看不見，他的確感受到：有人要來了。艾華心頭湧現說不出的興奮，（他當然說不出來。）

「媽，係我——」

啞——

「阿姚，快啦！」

「咦？屋企張摺凳呢？」[25]

肥大的熱屁股一股腦子坐在艾華臉上。他耗盡全身力氣大叫一聲！

「喂，你張凳『啞啞』聲喎。」[26]

雖然呼吸不良，艾華卻發現雙腳不再瘦了，明顯四肢得以伸展——還一個熱屁的體溫，壓下來。

「讓開讓開，我去廚房拎過張膠凳。」[27]

重新一次。

再一次。

艾華說服自己從未醒過。這鐵定還在某次元，不是現實那個。你知道，人生偶爾免不了來一點荒誕、一些荒唐。這不好笑。

顛簸之間，他好像還聽見了熟悉的新聞報導。由始至終，沒有女主播跟縱失蹤少年艾華的故事。這世界，沒有誰為他留下一筆。

「無論是誰……我答應……只要我醒來，我真會從此不一樣……」

「我會離開房間，我會向每個人問好，我會微笑。我我會……用我的眼睛，重新看見。」

啪——

四肢又膠起來了。

17「阿姚，你好煩耶。每次都要當攔路虎，我想好好摸隻牌不行？」

18「唧，再一圈不打啦。怎麼這麼倒楣。」

19「今天星期六，華仔不在家？」

20「媽，我在這——」

21「別管他！整天宅在房間，紅中！」

22「哇阿姚你這樣出牌也可以？」

23「到底我在哪？我是誰？」

24「行行——我去房間多拿張椅子。」

25 「咦？家裡那折疊椅呢？」粵語「摺」、「摺埋」、「咁摺嫁你」，又有宅起來、自我封閉、拒絕社交的意思。

26 「喂，你這椅子『啞啞』聲，吵死了。」

27 「讓開讓開，我去廚房換張膠椅。」

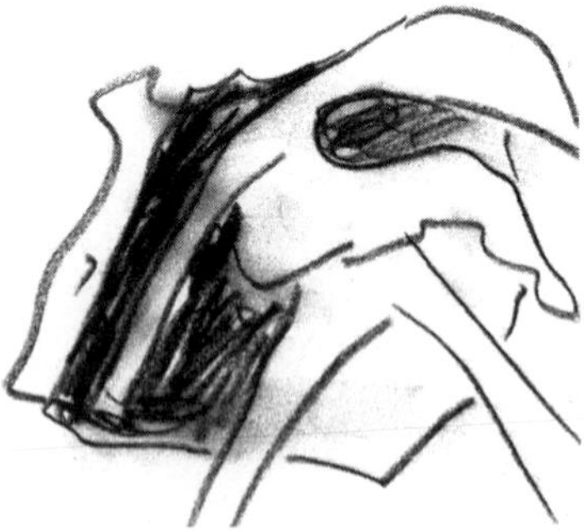

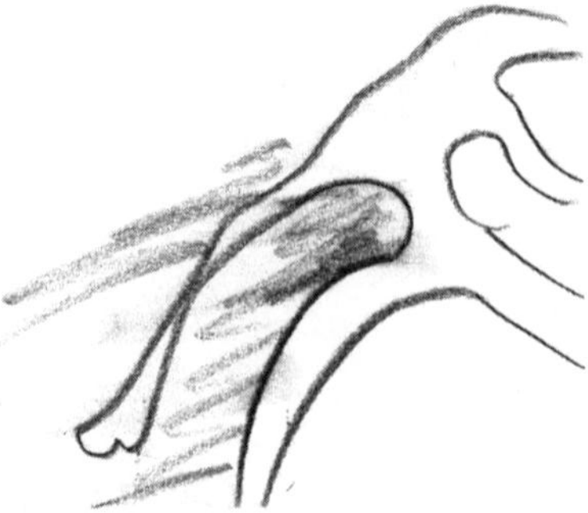

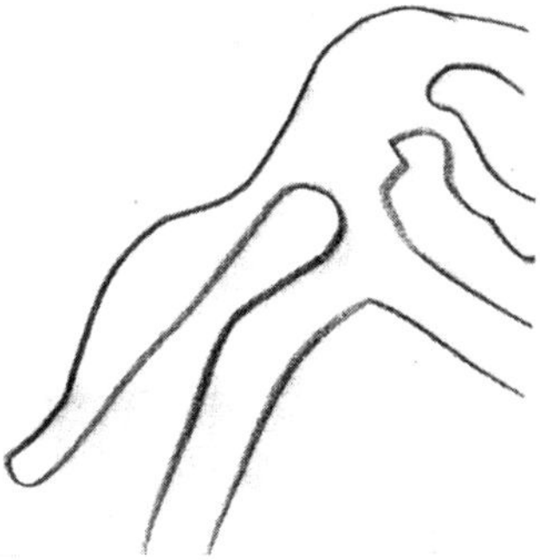

當螢幕出現0000

「當螢幕出現0000，請立刻向服務台聯絡。」

1

把舌頭伸進綠色半透明壺子的洞口，那是某次我於假日清晨才啟市的玉器市場，跟一名滿頭白髮卻氣色紅潤的年輕男子漢買下。伸進洞口更裡面，試圖以蠻橫直闖的舌尖撈起壺底最後一滴水。徒勞無功，我快渴死。

坐面朝陽光的高椅、圖書館二樓，我在屋頂下乘涼。看穿玻璃是一片綠油油的大草坪，被九宮格分割。一名穿著純白西褲藍色襯衣的中年阿伯正越過草叢優雅前進，肩上騎一隻灰灰的鳥。每走一步，數隻鳥拍拍翼如跟尾狗緊隨。

漸漸他張開來的手臂儼如電線杆掛著四、五、六隻雀有白有灰，好比他的頭髮。從右上角他緩緩斜線移動，快隱沒到我看不見的角落。反正中間偏左那一塊我還是看得見湖，因群山倒影也顯得綠。

真搞不懂這陽光如何操作？有時候抬頭，整個明亮幾度線條分明。過一陣子再抬頭，頹然無光俱是陰影。到底是誰在調那光暗對比？現在又PS第幾代，有沒濾鏡模式另存新檔？可不可惟我多彩，其餘黑白一概？

我忘了我根本不存在九宮格裡。

下右三那一塊，現在出現了一名女子。她穿著黑色背心連衣裙，騎著單車，從右邊水平滾動到左邊來不徐不疾，通過中間一道突兀的水泥走廊。

「不動如山還是山」——這廢話，占據上頭整整三格版面。正中央，一座中式八角型鳥塔。倒不確定它是生來就被設計為鳥塔，還是後來才成為一個鳥塔。反正形形色色的鴿子豎立上頭，我一看牠們又飛走——數量之多簡直密集恐懼症來襲下意識我以手背擋著眼睛，彷彿看什麼鬼片。中指偶然滑了一下前方，咦——

鴿子群已飄離九宮格範圍，正朝向我並不知曉的遠方。關於動物的身體性我總訝異，原地到東南西北此刻到那刻，你憑什麼就知道要往哪裡飛？得天獨厚的方向盤與生俱來，一切早已設定好、Siri 會領著你。我聽說小琉球有許多綠蠵龜，潛水的話足夠幸運，牠們還可能伸手拍拍你的頭你回碰牠就犯法。我親眼看過受傷痊癒的大海龜阿迪重返大海，在電視上。保護員早在牠身上安裝了GPS背包，記錄牠一路以時速每小時三公里的步程，以直覺游走北大西洋，好比尾巴燃了火的小蜜蜂炮劈哩叭啦叭啦沒回頭的餘地。

大海龜阿迪一路往前游——惟現世訊號之多，巴不得我一直錯過。光纖無所不在遂不停刷不停地刷希望刷掉一整個時代，抑或迎來一個時代。無底谷按鈕。超連結永無終站。這個分頁到下一個，又過了幾世紀？回過神來你徹徹底底遺忘你打開第一個分頁的緣由。名詞過後的「etc.」欲言又止。世界將你一除於百，無限擴充的分頁間稀釋。於是有人付錢買一些框架、報一些課程，獲得一堆截止日期。你贏了有時候。你也輸。所有所有小勝利的總和：要你迷路、叫你錯過，讓你頃刻分心於我們最終最終全盤皆輸。

你到底說甚麼？

關於動物界的身體性，我真想來一客。我想當烏龜，我不要兔子。

以手背擋住眼睛那幾秒鐘——我發現我的中指，居然可挪移九宮格的位置。塔頂往右移動一格、懸空、微顫，與天空那塊對調。

搞什麼鬼？？忽然我頭昏腦脹嘴巴乾渴，伸手去抓我的水壺——

2

洗手間門外的飲水機。

紅色的滅火器被遮蓋住兩點，可以的話這樣多好，隨手朝哪個看不順眼噴一下你就毀滅，在我手上。

曾經我不在這圖書館寫的，突然我又想起來。我在別個圖書館，盜用他人的身分。每天爬半小時的山走路往上，經過一條溪、兩座廟、三隻牛。每天我進行兩條路徑的攀爬：一條教我汗流浹背、一條要我高潮，於腦際——心跳秒秒加速時間卻走那麼慢。那位於山上的圖書館我一晃神抬頭，遠處的一〇一就亮了。

從那刻到此刻我看，眼前的飲水機正寫著「101」——熱水過熱。我按下綠色的連續出水鍵，再按藍色的冰水鍵，沒一點兒反應。彷彿我走盡萬水千山荒漠行走好幾回，連海市蜃樓都看過，還是找不到水源。螢幕那行黑底紅字四個單位突然超快速在我眼前滾動如同剛拉下手臂的老虎機迫不及待——來個7777吧我想！起碼來個7777！可當真中獎我該怎麼辦？好歹你給我水？

四個數字總算冷靜下來並終究停滯於：0、0、0、0。

飲水機上頭貼著一行彷彿為我量身訂做的句子：

「當螢幕出現0000，請立刻向服務台聯絡。」

3

每座圖書館都是個大型停屍間。

這裡豎立了一行一行死人的墓碑，惴惴不安地緊靠彼此卻故作尊嚴鎮靜。每當有手指頭不經意搔癢，或僅僅於空氣中靠近，死人們凝固狀的精粹就書架上猛地抖顫——如同富含骨膠原的固態高湯，冰箱門打開就在透明載具裡晃晃晃晃晃——作者的分靈體急候活人一雙高濃度注視的眼光將之重新開啟，骨膠原滑溜於火把從固態游為液，猛地抖顫——如同富含骨膠原的固態高湯，冰箱門打開就在透明載具裡晃晃晃晃晃——

驟眼一看死人的墓碑一排一排莊嚴偉大、「永恆經典」、緊握永生入場券。實際上夾雜同儕之間的喧嘩紛擾、爭風呷醋在在家常便飯。生有一命二運三風水，死，也自有所謂潮漲潮退。說到底，要如何在死後仍握有龍馬精神一般的活力遊刃於市場以及歷史現場呢？

盛大的年度跨領域跨維度學術研討會，今年將以「如何維持生命力地死下去？」為題舉行。死者們冥際論劍、無所不談。

我經過那些蒙塵的滅人器，紅色一桶一桶，每具附有封印起來的黑唇一雙，被動——多少加侖的無形氣體壓抑在頭——白蘑菇、富士山、水蒸騰——載載著在此以前的空氣；愣著，直到他者存有溫度的手撫摸黑唇滑溜，硬將筏門板開。無非靜待一非此不可的瞬間、緊急，歇斯底里。

4

到處是鎖起來的門。到處是死者的分靈體。

整個夏天我都投進水。游泳池就位於圖書館七百多公尺以外的西北邊。只要登上圖書館頂樓，指紋掃開研究自習室六〇一號房間，整棟建築，就惟有那裡頭的窗戶你看得見——隱隱約，遠方就有那麼一塊液體流動著。低一層不行、兩層不行，密密麻麻的松樹恰恰擋住了好風景。於是惟有在六〇一，倘若太陽正好、藍色水池甚至閃閃閃耀，遠遠遙遙勾住你一雙眼睛，要你潛過去——幾乎就要嗆到。整個夏天，我來來回於地面與水底，一隻烏龜爬行，一隻海龜蛙泳。

整個夏天，我忙於奔命！甫從地面陷進水，匆匆又撲回岸邊。頭髮瀝乾泳衣榨出一缸水，我又回到死人乾燥的墓碑。

游泳池百無聊賴的救生員，總會在週末大放音樂。還沒踏進泳區範圍，在外頭騎著我的白色單車越過森林、經過兔子、青蛙和蝸牛，調子就飛過空中。碰巧接觸到蔓延開來的音波一圈一圈一圈——金黃色的蛋白邊滋滋滋的——我還能和應個幾句，俱是當期最流行的芭樂。只是音樂總會暫停。一旦深入水，惟存鼻孔咕嚕咕嚕，抽象、寧靜的水泡，稍縱即逝，以及我身體劃過水的波痕、弧度精確。之於吐氣與吸氣之間就只有芭樂的片面誰聲嘶力歇「說愛」、「我說愛我」、「滴下來」、「重」、「為什」、「為什」——進進出洞口之於吐氣、吸氣之間。我沒塞橘色的海綿。

筋疲力盡的時刻我休息在岸。惟有這時候，我方才聽見從擴音孔溢出來那一整段，耳熟能詳——整段耳熟能詳但或早被我遺忘的旋律於我耳際激烈迴蕩、回響，在那空曠、寬敞、藍色的空間。

然後我再度伸展我的手腳——「馬車」、「湖」、「明天」、「狼狽」、「太遠」、「遠」——過度濫情的句子攪進綠水由我雙手雙腳人工打散，徒剩含糊不明的碎片，留待大腦久久不滅。

一切總會重新黏合的。當我又浮回水面，一顆一顆綠色的芭樂，一顆顆含著糖發著光的芭樂安安全全地包裹我在這溫暖的裡面以那完完整整的句子如同岸邊。

我就靠在那。

5

如遇不正常出紙
伸手入取物口
四周探索一下
即可取得衛生紙

到處是隱密的入口揮手。

拿著綠色壺子我如同一隻飢渴的狗搖著舌卻只舔到空氣——只管往上爬，今天緊急照明燈看起來特亮。踏上去樓梯的觸感卻前所未有變了奏，水泥階梯從前的紮實不知啥時候換置如今一步一步轟轟響，是我重了還是你輕了？那種臨時搭起來的高架橋、鐵通呀，一階階之間甚至有空氣可穿過的縫隙我足踝暴露風吹就涼。拿著綠色水壺子我只管往上爬，但今天這後樓梯踏起來怎麼了真前所未有變了奏，如同鬧市突然架起來的臨時高架橋鐵通呀——

H城我從C開頭的地鐵站X出口出閘可不經風雨直達A Mall，走進我打工的日式料理店。店面每週只提供三次員工餐點，其餘時間，我會穿越天橋、走到對街。其餘時間——我以逃跑速度，離開冷氣商場。

與同事O姨和馬鈴薯，曾共度過整個早上。她平常話不多、笨手笨腳，午餐手提著便當袋袋，就乘那高級透明的觀光電梯，登天台用餐。上頭還有幾戶露天餐館，偶爾請來外國樂手現場演奏，人們喝著香檳紅酒、購買陽光。在削第三十六個馬鈴薯絲的時候我肚子餓了說：「吃過對面那家九記嗎？總是大排長龍。」「沒有哩，我沒去過對面。」

每天從X出口直達A Mall她再從A Mall回到X入口：「啊就怕迷路，回不來呀。」

今天這樓梯，踏起來重量不一樣，我明明記得從前中臺覆蓋雲石、安靜不搖晃，現在怎麼了真前所未有變了奏，高起碼八度，swing-mode。總算我來到頂樓的飲水機，機器馬達正他他他他地運作著。也不用按啥紅藍綠的按鈕，螢幕已率先停置：0、0、0、0。

路旁有道逃生窗門，通往懸掛外頭的平臺。忽然我看見一個小男孩在樹下雙手凌空、全神貫注，正彈一具我看不見的樂器、奏一個和弦。

此時窗門外就傳來啾啾啾啾啾的鳥聲。

6

「這裡就是文壇！你不知道？這兒已是文壇！」

肥大的男聲正在叫喊，宣告他堅定不移的斷言；彷彿眾人一無所知，惟他降低身段。我猜這又是一場不為人知的講座，正在圖書館塔頂的玻璃屋默默進行而群眾們，朝著那從印表機油壓出來的四方文磚一一膜拜，蹲下來。

「一切精華！落在這裡！」侍者分發一張一張A5傳單，宣告作者的分靈體：在此。

蹲下來，膜拜者一一舔乾淨。

挺起腰擺：祂祂說要盡情盡性。

如是我略過那迷惑人心的行列，捏緊手上的綠色水壺子走進電梯，按G。

明明要往下的電梯此刻我直覺它蒸蒸日上，如遇熱發燒的水滴水蒸氣，違反地心吸力，把我扯上去，把我整個勾起。我不知道。明明是往下的電梯此刻卻直覺它正在騰飛，微微微熱。不銹鋼的升降機內室從暗啞愈發光明、順滑，幾秒間我從反光面瞥見我自己：棕色毛衣、金邊外套、手上透綠水壺子。明明是往下的電梯我直覺它節節上升——哪來了兩根食指從後直塞我耳窩自體旋轉伏特三千，耳鳴。

門突然崩開的時刻外頭迴轉壽司路軌架置但四驅車奔馳，酒保站裡頭手持高架杯抹布，匪夷所思。風景往上刷開我目定口呆來不及——

五聲音階叮叮叮明明要往下的電梯，此刻停置。

門是透明的。以手動掀開面前這道輕盈的門。轉過身——遍野芭蕉葉、玉米田、陽光、藍天、紅色火龍果田野星星、玫瑰生生死死。透明的電梯門後再一道紗窗，朦朧，我推開紗窗，不費力。

從頂樓來到G這兒明顯沒沒服務台、沒飲水機，沒圖書管理員。正要踏出「升降機」甚至要懷疑是否脫下雙鞋畢竟如今，我置身陌生公寓。這兒是單人套房：雙人床、工作桌細細長長上頭伏一本本子、冰箱、牆壁掛一把風扇，沒冷氣。這兒是正正方的四角形空間，白色塗滿每個平面。我跨進房間正中央，回頭沒重甸甸的不銹鋼立方體。我正置身單人套房：回頭一個陽臺、朦朧紗窗。

外頭大樹、陽光、玉米田。

風吹的時候芭蕉葉聽起來像雨。

我還穿著深灰色的氣墊運動鞋踱步到房門口那邊小心翼翼，倒連門也不敢開惟恐洪水猛獸迎來——把我吞下去。

樓上猛傳來快步碎跑。

靠近棗紅色的門以身伏貼、雙手趴著，下意識我豆大眼睛從門上觀景窗看過去，以圓弧形的眼珠靠近圓弧形的超廣角貓眼腳下的氣墊運動鞋居然自動運作起來，我豆大的眼珠定點聚焦外頭一條筆直大馬路，通往遠端紅色的房子。雙腳如同踩落沾滿砂糖的白綿花，碎步跑起來就要炸開它們一粒一粒，持續更新更完整的一粒一粒，邀我踏下。打從購買這雙氣墊運動鞋以來從不知情的導航模式，無論售貨員抑或品牌公司從未告知——這自動導航模式如今我跑在持續運轉著的蓬鬆白綿花、厚空氣，炸開帶有甜味的結晶體融化之於磨磨擦的熱。我雙腳陷進這甜滋滋的絲絲縷縷絲絲縷縷裡，下陷又抬起而下陷又抬起。

伏在門前的手心開始冒汗呀，我跑跑著這他媽的自動導航模式根本由不來我中止，沒緊急剎車按鈕、沒門匙——只知死盯盯著圓弧形的觀景窗流轉、筆直大馬路、遠方紅色悄房子——甚沒歧路可循的當下、此刻，事到如今，要我直直衝過去。士多啤梨甜充滿了整個我正處身而全然陌生的公寓，化學造的綿花如此輕盈、甜滋滋，我一步一步壓開並滋生更多垂涎的結晶體源源不絕誘惑我：更多！更快！用力！是我貿貿然闖進了這莫名開演的公路電影：室內場景、藍天白雲、定點遊移。從未以這張嘴明示暗示我要加入從未言及、我有意——參演這毫無來由的公路電影陽光普照藍天白雲，誰手持攝影機，哪裡。

7

工作桌上一本翻開的本子，如同到此一遊的旅客我撿起誰遺下的筆：

「當螢幕出現0000，請立刻向服務台聯絡。」

我快渴死。

後記

「所以人是可以被取代的嗎？」

網路上的虛擬交友超級市場，數百萬張臉並置，啟動於手指頭從左到右抑或從右到左的滑行。你可以不斷地滑不斷地滑直至螢幕出現一句「Out of Swipes」，告知你已超過當天配額。要繼續滑下去？可考慮付錢。只是無論怎樣滑，你永遠滑不掉自己。

上創作課，我時時想起石黑一雄《別讓我走》。第一次把它讀完約莫是四年前，辦公室、公共空間、冷氣房，我邊裝水邊跟身旁常常扭來扭去熱愛Swing Dance的女同事Y說，「噢，我昨天看了一部超好看的小說。」「怎麼說？」「講複製人。」實在是，介紹完也覺得自己講得何其無趣，又默默回到座位，那種坐下來就看不見前方人頭的隔板間格。要怎麼說呢？故事裡頭的複製人，生來就知道自己並非獨一無二。他們是名義上、實際上，完完全全的備胎，存在意義就是有待他日「本尊」年老命危，讓出自己的器官內臟僅供續命。可惜那群複製人又不是冰箱、不是起重機、不是，他們有血有肉有腦袋有記憶，甚至會創作，甚至會思考人生的意義。其中有幾個特別性情浪漫抑或固執，深信那就是學校的目的——讓他們創作，好證實他們跟普通人一樣，有「靈魂」、有「心」。

坐在教室，作品攤開。只要你足夠誠實，只要你沒有繞來繞去耍花樣巧言令色假裝是他人——好些時刻我真感覺榮幸，省略掉塵世間最無聊的廢話或謙詞，作品拿來，我直達你的靈魂。然後好些時刻，我發現我真那麼容易愛人，一旦你足夠誠實、如果你足夠誠實，無論姿態有多滑稽或笨拙，我寧願你足夠誠實。

沿著這條路徑我忽然理解，何以我總為某種粗糙的壞美學動容：破爛不堪的紙本出版、低像素影像、脆弱的演說家、舞台上聲音顫抖幾近破音的表演者、只會兩三個和弦的龐克、語焉不清的藝術家、以極少資源硬著頭皮成就個人美學的創作者。

這些粗糙作品的難能可貴之處或基本龐克信仰（此時夏宇在我腦後輕輕一箭中的「即便是龐克也要有一技之長」）在於：在7-11影印也好、手繪海報也好、沒錄音室也好、口才很糟也好、技藝不精也好、這種品質找不到出版商願意出版也很合理也好，但「無論如何我也要他媽的把話說完。」

「所以人是可以被取代的嗎？」

有陣子我幾乎逢人就問。所以人是可以被取代的嗎？所以我是可以被取代的嗎？只要手指頭輕輕再滑一下，自然會有下一個可把我替代，對吧？某次墮入不得已的存在迷思，我闖進學校的諮商會談室，想說釐清一下人生的意義。初次見面已直覺不妥，惟我屢敗屢戰、總希望下一次更好。直至第三次我甚至自告奮勇向諮商師大聲宣告言之鑿鑿，拿著那陣子我正在讀的《液態之愛》：「開始覺得我的情感失落不是個人的錯，是時代的錯！」

想起來有夠滑稽。不過有可能嗎？科技產物往往從細微處影響我們生活的方方面面、甚至有能力控制我們的情感動向以至專情能耐：「另一個分頁」。你口袋裡頭的手機裝載著無限。

回到四年前的辦公室場景，有天我驚訝發現ＩＴ部同事的電腦遠端平台憑空消失：「咦？他沒有上班嗎？為什麼我進不去他的drive？」我問同事，「他被裁啦。」不消兩個鐘頭，電腦回到原點重新安置。桌面完美消毒。另一具人體，陷入同一張座椅。

「所以人是可以被取代的嗎？」

《別讓我走》裡頭的複製人不是每個都那麼執著於「靈魂」，或許剛好我是性情比較浪漫的那一位。又如同嘻哈歌手反復高聲吶喊自己的名字、塗鴉者四處噴灑個人印記樂此不疲：必須發出聲響、無論如何需要發出聲響、我想發出聲響，用以證明我「身而為人」，不是「其中一個」。先是追蹤狂，從某天起我幻化成某種意義上的露體狂——企圖自圓其說，以自己企及的姿態，把話說完、並把話說清——趕在我被你滑走之前留在你指頭間，久那麼多0.5秒鐘——

並在我不得不把你們全都滑走以後，留在我身邊久一些，在作品裡頭永恆擁有我長長的凝視風景那麼稍縱即逝，是為某種貪心又自大的狂妄，或許。

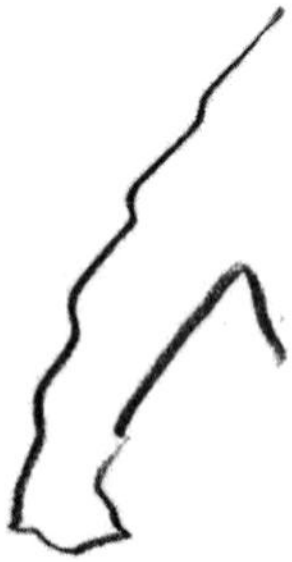

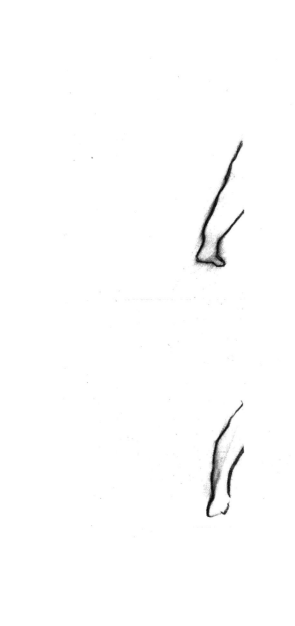

九　歌　文　庫　1365

色情白噪音

國家圖書館出版品預行編目 (CIP) 資料

色情白噪音：that's the hormones speaking／王和平
著．-- 初版．-- 臺北市：九歌出版社有限公司，2021.11
面；　公分．--（九歌文庫；1365）
ISBN 978-986-450-369-8(平裝)
857.63　　110015660

作　　者——王和平
書籍設計——溫金金 wen gum gum
封面及內頁塗鴉——王十七平 17 ping
責任編輯——李心柔
創 辦 人——蔡文甫
發 行 人——蔡澤玉
出　　版——九歌出版社有限公司
臺北市 105 八德路 3 段 12 巷 57 弄 40 號
電話／02-25776564・傳真／02-25789205
郵政劃撥／0112295-1

九歌文學網　www.chiuko.com.tw

印　　刷——晨捷印刷有限公司
法律顧問——龍躍天律師・蕭雄淋律師・董安丹律師
初　　版——2021 年 11 月
定　　價——320 元
書　　號——F1365
I S B N——978-986-450-369-8
＊本書空頁均為作者創作之設計構想。